James R. Shott
Lea

James R. Shott

Lea
Eine bittere Liebe

BRUNNEN

VERLAG GIESSEN

ABCteam-Bücher erscheinen in folgenden Verlagen:
Aussaat Verlag Neukirchen-Vluyn
R. Brockhaus Verlag Wuppertal
Brunnen Verlag Gießen und Basel
Christliches Verlagshaus Stuttgart
(und Evangelischer Missionsverlag)
Oncken Verlag Wuppertal und Kassel

Titel der amerikanischen Originalausgabe: Leah
© 1990 by James R. Shott
Erschienen 1990 by Herald Press,
Division of the Mennonite Publishing House
616 Walnut Avenue PA, Scottdale, 15683, USA
Alle Rechte vorbehalten

Aus dem Amerikanischen von
Lilli Schmidt
Lektorat: Brigitte Selchert

© der deutschen Ausgabe:
1995 Brunnen Verlag Gießen
Umschlagmotiv: Renate Diehl
Umschlaggestaltung: Ralf Simon
Satz: Rücker & Schmidt, Langgöns
Herstellung: St.-Johannis-Druckerei, Lahr
ISBN 3-7655-1050-5

> *„Aber Leas Augen waren ohne Glanz,*
> *Rahel dagegen war schön von Gestalt und*
> *von Angesicht."*

1.Mose 29,17

I

Mit einem letzten Auflodern ihrer Strahlen versank die Sonne am Horizont, so als wolle sie dem Betrachter in diesem kurzen Augenblick noch einmal ihre ganze Schönheit vor Augen führen. Fasziniert beobachtete Jakob, wie das kräftige Orange und Rot allmählich verblaßten und in die sanften Blau- und Lilatöne der Wüstennacht übergingen.

Endlich war es soweit! Gleich würde seine Braut zu ihm kommen. Am Abend, nach der Feier, war Jakob in sein Zelt gegangen, das zwischen den Palmen am Rande der Oase stand. Die Oase gehörte seinem Onkel Laban, und hier in Haran wohnte auch Jakob. Jetzt saß er am Eingang des Zeltes, beobachtete den Sonnenuntergang und wartete auf seine Braut.

Er war allein. Eigentlich hätte seine Familie mit ihm auf die Braut warten sollen. Aber Jakob hatte keine Familie. Sein Vater war gestorben, und seine Mutter lebte Hunderte von Kilometern weit entfernt. Sein Bruder haßte ihn. Jakob war einsam – aber nur noch für wenige Minuten. Dann würde er wieder eine Familie haben.

Diese letzte Wartezeit erschien ihm nicht so quälend, wie er vermutet hatte. Offenbar hatte er es beim Weiden der Schafherden seines Onkels gelernt, geduldig zu sein. Seit sieben Jahren lebte er auf diesen Tag hin. Da würden ihm diese wenigen zusätzlichen Minuten in der erfrischenden Kühle des Abends auch nichts mehr ausmachen. Es war so, als sei man durstig und würde den Wasserkrug vor dem ersten kräftigen Schluck einen Moment lang ansehen. Das Warten vergrößerte nur noch die Vorfreude.

Sieben Jahre! Unendlich lang war ihm das am Anfang erschienen. Doch als er nun zurückblickte, kam es ihm so vor, als habe er sich gerade erst gestern in Rahel verliebt. Sein Onkel Laban hatte vollkommen recht gehabt mit seiner Behauptung, die Jahre würden wie im Fluge vergehen.

Während der Zeit in Haran hatte Jakob alles getan, was sein Onkel und zukünftiger Schwiegervater von ihm verlangt hatte; die Schafe gehütet, alles gelernt, was er über die Ziegenherden wissen mußte, und er hatte Buch geführt sowie alle kleinen und großen Herausforderungen gemeistert. Er beherrschte sein Geschäft – besser noch als Labans eigene Söhne.

Ein stolzes Lächeln umspielte Jakobs Lippen. Labans Herden waren in den zurückliegenden sieben Jahren größer und größer geworden, und das war zu einem nicht unerheblichen Teil Jakobs Verdienst. Er hatte neue Zuchtmethoden eingeführt, die er von seinem Vater Isaak kannte. Mit vollem Recht durfte Jakob nun erwarten, ein gleichberechtigter Partner neben Labans Söhnen zu werden – zumal er ja nun noch mit Labans Tochter Rahel verheiratet war.

O Rahel! In den sieben Jahren, in denen er dem geliebten Mädchen hin und wieder zufällig an den Wasserstellen, am Weidezaun oder in Labans Zelt begegnete, war seine Liebe zu ihr immer größer geworden. Wenn er nur an ihr Gesicht dachte, an die hübschen Grübchen in ihren Wangen, an ihr lebhaftes Lächeln, an ihre strahlenden Augen. In all den Jahren hatte er freilich nie mehr als ihr Gesicht gesehen. Über ihre Figur, die wohlproportioniert und hübsch schien, konnte er nur Vermutungen anstellen. Aber bald würde er dieses Geheimnis lüften.

Da, etwas tat sich bei Labans Zelt, das etwa hundert Schritt weit entfernt stand. Es war soweit. An der Spitze des kleinen Zuges schritt Laban, der feierlich die Braut führte. Sie war tief verschleiert und hielt die Hand ihres Vaters. Dann folgten ihre fünf Brüder. Weitere Frauen durften jetzt nicht mehr anwesend sein. Dies war eine Angelegenheit der Männer.

Sie schritten langsam und bedächtig. Jakob fühlte sich ganz ruhig. Wieder kam ihm der Gedanke an den Wasserkrug in der Hand eines durstigen Mannes. Wie freute er sich auf diesen köstlichen Trunk. Langsam richtete er sich auf und erwartete die Ankommenden.

Laban blieb zehn Schritte vor Jakob stehen. Nun würde das Hochzeitsritual beginnen.

„Dies ist meine Tochter", sagte er. „Ich versichere dir, daß sie Jungfrau ist."

Jakob blieb stumm. Er durfte seine Braut nicht in Empfang nehmen, ehe sie ihm nicht nach allen Regeln des Gesetzes übergeben worden war.

Jetzt hörte er Laban sagen: „Ich gebe sie dir zur Frau. Du bist nun mein Sohn. Möge der Gott dieses Hauses ihren Leib segnen und dir viele Söhne schenken."

„Danke, mein Vater! Sie soll nun meine Frau sein", entgegnete Jakob.

Laban trat ein paar Schritte vor, das tiefverschleierte Mädchen an seiner Hand. Jakob ging den beiden entgegen. Feierlich legte Laban die Hand der Braut in Jakobs Hand, verneigte sich tief und trat zur Seite. Dann ging er mit seinen Söhnen rasch in die Richtung seines Zeltes.

Ohne auch nur ein Wort zu sagen, führte Jakob seine Braut in das Zelt. Es war dunkel. Jakob beugte sich nieder, um eine Lampe anzuzünden – da fühlte er eine leichte Hand auf seiner Schulter. „Mach kein Licht!" bat eine leise Stimme.

Jakobs Umarmung war zart, als er seine Braut an sich zog. Voller Freude spürte er, wie ihr Körper dem seinen antwortete.

Die Stunden vergingen in glückseliger Selbstvergessenheit. Augenblicke der Leidenschaft wechselten mit denen sanfter Glückseligkeit. Jakob erkannte voller Erstaunen: Es gab sie tatsächlich – diese Verbindung von Körper und Geist, diese tiefinnerliche Berührung der Seelen. Doch in der Tat: Den Krug Wasser zu trinken, war wesentlich beglückender, als ihn nur anzuschauen.

Schließlich glitten beide in den Schlaf, ihre Körper eng aneinandergeschmiegt, als wären noch im Schlaf ihrer beider Seelen so innig miteinander verbunden wie vorher ihre Körper.

Jakob erwachte, als die ersten Sonnenstrahlen in das Zelt fielen. Noch halb im Schlaf streckte er den Arm nach der Frau neben sich aus. Sie lag auf seinem Unterarm, den Rücken ihm zugekehrt. Die Reste seiner Müdigkeit abschüttelnd, verlangte er nur nach einem: der erneuten Vereinigung mit seiner Geliebten.

Liebkosend glitt seine Hand über ihren Schenkel, als er plötzlich innehielt. Die Haut unter seiner Hand fühlte sich glatt an, aufregend. Aber irgend etwas stimmte nicht. Hellwach starrte Jakob auf die neben ihm liegende Frau. Ihr Körper hatte nichts von der Anmut und Ebenmäßigkeit, wie er sich Rahels Körper vorgestellt hatte. Fassungslos rang Jakob nach Atem: Das war nicht Rahel! Das war ein fremder Körper, eine fremde Frau, ein Schwindel!

Rauh packte er die Frau an der Schulter und riß sie zu sich herum.

Lea! Neben ihm lag Lea! Rahels ältere Schwester sah ihn mit weitaufgerissenen Augen an. Das unschöne Kinn zitterte leicht, der Mund war geöffnet und zeigte zwei Reihen ungleichmäßiger Zähne.

Jakob setzte sich mit einem Ruck auf. Es lief ihm kalt über den Rücken. Schweiß drang aus allen Poren, obwohl die Luft noch frisch und kühl war. Zunächst begriff er überhaupt nichts. Er konnte nur stammeln: „Wo ... wo ist Rahel?"

Die großen, ein wenig vorstehenden Augen vor ihm füllten sich mit Tränen. Lea antwortete nicht. Jakob dachte an die glückseligen Stunden der vergangenen Nacht, die Leidenschaft, ihre gegenseitige Liebe ...

„Warst du das ... ich meine ... in der Nacht?"

Lea nickte. Obgleich ihre Augen voller Tränen waren, erschienen sie ihm unglaublich ausdrucksvoll. Die Angst, die er darin gesehen hatte, war verschwunden. Jetzt erkannte er darin nur noch Mitgefühl und Erbarmen. Er tat ihr tatsächlich leid!

Jakob fühlte, wie glühender Zorn in ihm aufstieg und seine anfängliche Verwirrung hinwegfegte. Voller Wut schlug er brutal mit dem Handrücken in Leas Gesicht. Der Schlag fiel weit stärker aus, als Jakob es beabsichtigt hatte. Schluchzend stürzte Lea zu Boden. Er hatte schon seine Hand erhoben, um noch einmal zuzuschlagen – aber urplötzlich flaute seine Wut ab. Leas Lippe blutete, und Jakob empfand ein quälendes Schuldgefühl. Er stand auf.

„Wir werden sehen, wie das weitergeht", murrte er halb zornig, halb verlegen. Dann packte er seine Gewänder und seine Kopfbedeckung, zog sich an und stieß den Zeltvorhang auf. Üblicherweise verließ ein Bräutigam eine Woche lang nicht das Zelt, aber er war nun wirklich nicht in der Stimmung für derartige Bräuche.

Die hundert Schritte bis zu Labans Zelt reichten nicht aus, seinen neu entfachten Zorn abzukühlen. Als er das Zelt erreichte, zitterte er vor Empörung und Wut. Sein Zorn explodierte in dem Schrei: „Laban!"

Fast im selben Augenblick trat sein Onkel aus dem Zelt, vollständig angezogen, Haar und Bart sorgfältig gekämmt und geölt, so als habe er seinen Neffen bereits erwartet.

„Hier bin ich, mein Sohn."

„Wo ist Rahel?"

„Sie ist auf der Weide bei ihren Schafen."

Jakob starrte ihn mit offenem Munde an. „Dann ... dann ... du weißt es also? Du ..."

„Beruhige dich, Jakob. Ich will dir alles erklären. Aber nun beruhige dich erstmal, und benimm dich wie ein Mann!"

Jakob fing erneut an zu stottern, doch angesichts der Ruhe Labans, ja dessen Gelassenheit, gab er auf und zwang sich ebenfalls zu einer ruhigen Haltung. Mit finsterer Miene starrte er seinen Schwiegervater an.

„Gut! Ich werde dir alles erklären." Diese Worte Labans, seine überlegene, fast arrogante Art brachten Jakob erneut um seine Fassung. Er ballte die Fäuste, daß ihm die Nägel ins Fleisch schnitten.

„Es ist bei uns nicht Sitte, die jüngere Tochter vor der älteren zu verheiraten", hörte er Laban sagen. „Wenn wir das zuließen, würde Lea vielleicht nie einen Mann bekommen. Darum war es wichtig, daß Lea zuerst heiratet."

„Aber ... du wußtest, daß es nicht Lea war, die ich wollte. Ich liebe Rahel. Du hast mich betrogen!"

„Du wirst Rahel bekommen, mein Sohn. Aber zuerst mußt du Lea nehmen."

„Aber ich will Lea nicht! Ich will Rahel!" Die Worte klangen selbst Jakob kindisch und albern.

„Es ist nun einmal geschehen", sagte Laban begütigend. „Du hast die Nacht mit Lea verbracht und die Heirat mit ihr vollzogen. Du mußt ihr die volle Hochzeitswoche gewähren. Dann bekommst du Rahel."

„Aber ..."

„Eine Woche!"

Ein langes Schweigen breitete sich zwischen ihnen aus, während sie einander in der kühlen Morgenluft gegenüberstanden. Eine Woche! Jakob überlegte. Er rief sich sein Verlangen, sein eheliches Glück mit seiner Braut in der letzten Nacht in Erinnerung ...

„Nun gut", meinte er schließlich. „Eine Woche! Aber nur unter der Bedingung, daß ich dann Rahel bekomme!"

Laban nickte zustimmend. „Selbstverständlich! Aber wir müssen noch über den Brautpreis sprechen. Die sieben Jahre, die du für mich gearbeitet hast, sind der Preis für Lea. Du mußt mir nun weitere sieben Jahre für Rahel dienen."

Jakob schnappte nach Luft. Er glaubte, sich verhört zu haben. „Aber ich habe sieben Jahre für dich gearbeitet. Warum sollte ich dir vierzehn Jahre dienen?"

„Die sieben Jahre waren für Lea. Du schuldest mir noch einmal sieben Jahre für Rahel."

Jakob war außer sich. „Ich habe doch schon jetzt sieben Jahre auf Rahel gewartet! Muß ich noch einmal so lange warten?"

„Nein, mein Sohn." Laban lächelte herablassend. „Du darfst sie heiraten, wenn die Woche mit Lea vorüber ist. Aber nach der Hochzeit mit Rahel beginnt deine siebenjährige Dienstzeit."

Wenige Minuten später kehrte Jakob in sein Zelt zurück, das Herz aufgewühlt von den widersprüchlichsten Empfindungen. Er fühlte sich verletzt, war voller Zorn über seinen Schwiegervater und enttäuscht, verbittert darüber, daß seine Braut nicht das von ihm geliebte Mädchen war. Aber konnte er Lea das vergelten lassen? Hatte sie daran schuld? Sie konnte doch nichts dafür ...

Lea erwartete ihn in seinem Zelt. Sie war in das lange formlose Kapuzengewand gehüllt, das sie normalerweise trug. Lediglich ihr Gesicht war zu sehen. Wieder fielen Jakob ihre Augen auf. Sie waren riesig und – irgendwie! – schön. In der Tiefe dieses Blickes lag etwas ...

Er runzelte die Stirn und entledigte sich des Schuldgefühls, das ihn beim Anblick des Blutes auf Leas geschwollener Lippe befallen hatte. Schließlich – es war sein Recht, sie zu schlagen. Obwohl ihn dieser durchaus übliche Brauch immer eher abgestoßen hatte. Sein Vater Isaak hatte niemals die Hand gegen Rebekka, Jakobs Mutter, erhoben. Vielleicht aber hatte Isaak – ganz im Gegensatz zu seinem Sohn – auch nie einen Grund dafür gehabt.

Wie auch immer! Er, Jakob, wollte streng mit Lea umgehen. Er wollte, daß sie sich ihm unterordnete, daß sie vor ihm zitterte. Immerhin war er der verletzte Ehemann, der sich herabließ, ihre Verfehlungen zu verzeihen.

„Lea!"

„Hier bin ich, mein Ehemann."

Unmöglich, so etwas zu sagen. Seitdem er das Zelt betreten hatte, stand Lea vor ihm und sah ihn mit diesem reuigen, tief ergebenen Gesichtsausdruck an. Vorsichtig wandte sie den Kopf zur Seite, um die Schwellung auf ihrer Lippe zu verbergen.

„Ist alles in Ordnung, Lea?" fragte Jakob unsicher.

Sie nickte. „Ich verstehe. – Du bist zornig! Und du hast allen Grund dazu."

Weil sie sich derart unterwürfig und einsichtig zeigte, konnte Jakob es sich leisten, großmütig zu sein. „Es ist nicht deine Schuld, Lea", erklärte er, „dein Vater hat mich betrogen. Er ist der Übeltäter."

„Du irrst dich."

Die sanft gesprochenen Worte brachten ihn aus dem Gleichgewicht. Jakob schaute seine Frau stirnrunzelnd an.

„Du sollst die Wahrheit erfahren, Jakob. Ich habe meinen Vater dazu überredet, dich zu betrügen. Ich allein trage die Schuld daran."

Jakob schüttelte verwirrt den Kopf. „Du? Aber ... warum?"

„Weil ich dich liebe, Jakob."

Die großen Augen sahen direkt in die seinen. Er las in ihnen ... konnte das möglich sein? ... Verständnis, Mitgefühl, Erbarmen. Oder ... wirklich Liebe? Ja, es war Liebe, was da in den ausdrucksvollen Augen aufleuchtete!

Es war so einfach, in ihren Augen zu lesen. Ihre ganze Seele lag darin offen vor ihm ausgebreitet, und er konnte ihre geheimsten Gedanken und Gefühle erkennen. Kein Wunder, daß sie alles so schonungslos zugab. Mit solchen Augen konnte man keinen Menschen betrügen.

Jakob fiel es schwer, seinen Ärger und seine Entrüstung unverändert bestehen zu lassen. Angesichts solcher Sanftmut, solch liebevoller Zärtlichkeit und Schönheit begannen sie zu schwinden. Jawohl, Schönheit! Widerstrebend gestand er es sich ein. Gewiß! Nicht die atemberaubende Anziehungskraft Rahels – das war es nicht. Das hier war eine andere Art von Schönheit, die in den so sprechenden Augen ihren Ausdruck fand. Laban hatte einmal Leas Augen „schwach" genannt. Daß er nicht lachte! Sie besaß die ausdrucksstärksten Augen, die Jakob je gesehen hatte.

Vielleicht würde sich ja sein Handel mit Laban doch nicht als völliger Verlust erweisen. Rahel würde er, das stand fest, immer lieben. Aber Lea vollkommen reizlos zu nennen, das war auch nicht richtig. Auf jeden Fall verhielt sie sich ihm gegenüber respektvoll. Er glaubte nicht, sich ihr noch einmal so hingeben zu können wie in der vergangenen Nacht, als er sie für Rahel hielt. Aber er würde ihre Liebe annehmen, auch wenn er sie niemals erwidern konnte.

Am nächsten Tag saß Jakob allein in einer Ecke des Hochzeitszeltes. Er seufzte. Erst der zweite Tag! Ein Tag und zwei Nächte lagen hinter ihm ... Blieben immer noch fünf Tage! Fünf endlose

Tage, bis er endlich Rahel zu sich nehmen konnte. Doch die einsamen Weideflächen hatten ihn in all den Jahren Geduld gelehrt. So traf ihn diese Situation nicht unvorbereitet.

Die letzte Nacht – die zweite Nacht ihrer Hochzeitswoche – und der gestrige Tag hatten ihn und Lea in Verlegenheit gebracht. Entgegen aller seiner guten Vorsätze beantwortete er ihre bereitwillige Hingabe eher widerwillig. Dabei fühlte er sich schuldig, wußte er doch, daß sie ihn liebte. Aber schließlich – es war ja ihre Schuld, sagte er sich. Lea hatte sich die Suppe eingebrockt, und die mußte sie jetzt auch auslöffeln.

Er rief sich ihre erste gemeinsame Nacht in Erinnerung. Diese Nacht mit all ihrem Entzücken, ihrem ehelichen Glück, den von ihm als so kostbar empfundenen Momenten inniger Vertrautheit. Welch ein Kontrast zur letzten Nacht! Glanzlos war sie gewesen, lediglich die Erfüllung einer Pflicht. Auch Lea mußte diesen Unterschied gespürt haben, und – sie mußte darunter leiden. Wieder ein Stich seines schlechten Gewissens.

So unerfreulich die Gedanken an die vorige Nacht auch waren, sie verblaßten angesichts der Erinnerungen an den gestrigen Tag. Jetzt, wo der erste schlimme Schock überwunden war, zog sich Jakob in brütendes Schweigen zurück. Er badete geradezu in Selbstmitleid. Lea, der sein Groll nicht verborgen geblieben war, ging ihm aus dem Weg. Sie machte sich im Zelt zu schaffen und flüsterte mit ihrer neuen Magd Silpa, die ihr der Vater als Hochzeitsgeschenk übergeben hatte.

Und jetzt noch fünf Tage! Der Hochzeitsbrauch schrieb vor, daß sich der Bräutigam eine ganze Woche in seinem Zelt aufhalten mußte, um sich mit seiner jungen Frau vertraut zu machen. Welche Ironie! Diese Woche ungestörten Beisammenseins sollte die Ehe besiegeln und die Partner für ein Leben lang aneinander binden. Eine sehr kluge Maßnahme – wie Jakob uneingeschränkt zugeben mußte. Allerdings nur dann, wenn man nicht mit der falschen Frau eingesperrt wird!

Wie herrlich wäre es jetzt, das Zelt verlassen zu können, mit einer Herde Schafe in die Wüste zu ziehen und dort die Einsamkeit eines langen Tages zu genießen.

Irgendwo dort draußen war ja auch Rahel. Früher oder später würde er sie bei einer der abgelegenen Oasen finden. Aber das alles waren natürlich nur Phantastereien! Niemals könnte er so etwas tun. Wenn er Rahel heiraten wollte, mußte er hierbleiben. Er mußte hier ausharren, mit der dunklen Zeltdecke über sich, einer verschüchterten Ehefrau, die um ihn herumschlich, und einer ängstlichen Dienstmagd, die ihn mit ihren verstohlenen Blicken verfolgte. Es war zum Verrücktwerden!

Die langen einsamen Tage mit seinen Schafen in der Wüste hatten ihn allerdings gelehrt, wie man solche Stunden überstehen konnte. Außerdem war ihm klar, daß es das Dümmste wäre, sich seiner schlechten Laune hinzugeben. Freilich – es wäre so einfach, in dem dunklen Loch seiner Niedergeschlagenheit zu versinken, sich dieser rabenschwarzen Stimmung auszuliefern, die ihn in ihren Bann ziehen wollte. So etwas war ihm auch früher schon passiert.

In der Wildnis hatte Jakob dann immer versucht, an heitere Erlebnisse zu denken. Er hatte Lieder gesungen, mit seinen Schafen geredet, ihnen Witze erzählt, gelacht und getanzt.

Aber hier? Im Zelt? Ratlos schaute er sich um. Er mußte irgend etwas unternehmen.

Die düstere Stimmung hatte ihn gestern gepackt, und Jakob wußte, daß er heute dagegen ankämpfen mußte. Er mußte es einfach wagen, mit Lea zu sprechen. Aber konnte man mit diesem reizlosen Wesen überhaupt etwas Erfreuliches oder Sinnvolles reden? Doch, er mußte es versuchen. Es war schließlich niemand sonst da, mit dem er hätte sprechen können – von Silpa, der neuen Magd, einmal abgesehen. Aber die erschien ihm noch dümmer als Lea. Es blieb ihm keine Wahl. Wollte er seiner lähmenden Niedergeschlagenheit Herr werden, mußte er mit seiner Ehefrau reden.

„Lea?"

„Hier bin ich, mein Ehemann."

„Setz dich zu mir."

Lea tastete nach dem Teppich, auf dem Jakob saß, und ließ sich ungeschickt an der entferntesten Ecke nieder. Im Zelt trug sie keine Kopfbedeckung, und er stellte fest, daß ihr Haar – obwohl gekämmt und geölt – strähnig und glatt herunterhing und einen mehr als unbestimmten Braunton hatte. Doch er vergaß ihr Haar, als er in ihre Augen blickte.

„Lea, erzähl mir alles über deine Augen. Wie lange sind sie schon so schwach? Hast du dich mal verletzt?"

„Meine Augen sind von Geburt an schwach", antwortete sie leise. „Es ist immer so gewesen."

„Wieviel kannst du sehen?"

„Nicht sehr viel. Ich kann Dinge erkennen, die ich in meiner Hand halte, allerdings auch sie nur unklar. Was auf dem Boden liegt, kann ich nicht so gut erkennen. Bei einem Stein kann ich nicht sagen, ob er flach ist oder so groß, daß ich darüber stolpern könnte."

Wie eng war doch die Welt, in der Lea leben mußte. „Es muß schwer für dich sein, damit fertigzuwerden", meinte Jakob fast mitleidig.

„Ich bin es gewohnt."

In ihren Augen las er Dankbarkeit für seine Anteilnahme.

„Es stimmt", bemerkte sie nun lebhaft, „ich kann nicht überall allein hingehen. Manchmal brauche ich einen Führer, aber ich habe so manches in meinem Zelt entdeckt, was mich dafür entschädigt."

Jakob erinnerte sich plötzlich daran, was Laban ihm erzählt hatte. Daß Lea nach dem Tod ihrer Mutter die Führung des Haushalts übernommen hatte, daß sie trotz ihrer Sehschwäche diese Aufgabe hervorragend gelöst hatte. Vielleicht sollte er ihr etwas Aufmunterndes sagen. „Dann macht es dir wirklich nichts aus, nicht mit den Schafen auf der Weide zu sein, so wie Rahel ...?"

Der Schmerz in ihren Augen, als er Rahels Namen erwähnte, ließ ihn verstummen. Fühlten sich die beiden Schwestern als Nebenbuhler? Vielleicht gab es da ja noch einen anderen, ihm nicht so offensichtlichen Grund, weshalb sie sich nicht so zusammengehörig empfanden. War Lea eifersüchtig auf Rahel, auf deren natürliche Grazie und Schönheit?

„Deine Augen", sagte Jakob leise, „sie sind wunderschön! So ausdrucksvoll ... so groß ... wie bei einer ... einer ..."

17

„... wilden Kuh", ergänzte Lea. „Daher ja auch mein Name."

Plötzlich begriff Jakob, was sie meinte. Die Bezeichnung für „wilde Kuh" und der Name „Lea", sie hatten tatsächlich dieselbe Sprachwurzel. War es Liebe oder Spott gewesen, was ihr zu diesem Namen verholfen hatte? Jakob hatte Leas Mutter nicht mehr gekannt. Sie war schon gestorben, bevor er nach Haran gekommen war. Aber er wußte, daß in diesem Land üblicherweise die Mutter dem Kind seinen Namen gab.

Halb aus Mitleid, halb aus Verlegenheit fragte Jakob: „Möchtest du gerne wissen, wie ich zu meinem Namen gekommen bin?"

„O ja!" Leas Augen leuchteten auf. Und ob sie das wissen wollte!

„Jakob bedeutet ,der Fersenhalter'. Meine Mutter hat mir nach meiner Geburt diesen Namen gegeben. Du mußt wissen: Ich bin ein Zwilling. Mein Bruder wurde zuerst geboren. Ich kam nach ihm aus dem Leib meiner Mutter und hatte seine Ferse gefaßt."

Lea lächelte ihm schüchtern zu, und wieder – fast widerstrebend mußte er es sich eingestehen – sah er gern in ihre Augen. Wenn sie lächelte, spiegelte sich das Lächeln in ihren Augen wider. Er entdeckte in ihnen ein kindliches Entzücken; so als freue sie sich, daß er seine Erlebnisse mit ihr teilt.

„Hast du schon Schafe gehütet, bevor du zu uns gekommen bist?" wollte Lea nun wissen.

„Mein Vater und mein Großvater waren Schafhirten. Und natürlich habe ich auch Schafe gehabt. Die Arbeit mit den Ziegen deines Vaters, die war neu für mich. Ich mag sie auch nicht so gern wie die Schafe."

„Aber Ziegen paaren sich viel häufiger als Schafe", entgegnete Lea. „Ihre Herden wachsen rascher, sie sind viel widerstandsfähiger, bekommen weniger Krankheiten als Schafe, und sie liefern Milch. Schafe haben natürlich auch ihre Vorteile. Wenn du beides hast, ergänzen sich Vor- und Nachteile. Sie ..."

Lea stockte und senkte den Blick.

„Wie kommt es, daß du so viel darüber weißt?" fragte Jakob. Er bemühte sich, den unverfänglichen, aber freundlichen

Gesprächston beizubehalten, wollte ihre Unbefangenheit und Offenheit nicht zerstören.

„Ich höre zu!" Sie warf ihm einen ihrer beredten Blicke zu, als wollte sie ihm sagen: Es tut mir leid! Ich habe mehr geredet, als es einer Ehefrau zusteht. „Männer haben mit meinem Vater in seinem Zelt darüber gesprochen, und ich ... nun ja ... ich habe einfach zugehört."

Sie ist überhaupt nicht dumm, wie ich immer gemeint habe, dachte Jakob. Sie hatte das Wort „sich paaren" gebraucht, als sie über die Ziegen sprachen. Ein Ausdruck, den Männer in der Gegenwart von Frauen nicht gebrauchten. Es war etwas, was Männer mit Frauen taten, und nicht etwas, worüber sie mit ihnen sprachen.

Jakob fiel eine Unterhaltung ein, die er einmal mit Laban gehabt hatte. Und so fragte er: „Was hältst du davon, daß deine Leute einfarbige Stäbe in die Tränkrinnen stellen, damit die Schafe und Ziegen nur weiße oder nur schwarze Jungtiere bekommen?"

Eine dreiste Frage – ohne jeden Zweifel! Er wußte selbst nicht so genau, weshalb er sie gestellt hatte. Lea konnte doch darüber überhaupt nicht Bescheid wissen. Ob er sie mit dieser Frage vielleicht auf ihren Platz verweisen konnte, ihr klarmachen, daß es Dinge gibt, die eben nur Männer wissen?

Ihre Antwort versetzte ihn allerdings in Erstaunen. „Ein sinnloser Aberglaube! Er hat sich immer wieder als Unfug herausgestellt. Aber Männer wollen eben von ihrem Glauben nicht lassen und ... "

Sie stockte, senkte den Blick und faltete die Hände in ihrem Schoß. „Es tut mir leid. Es steht mir nicht zu, in dieser Weise zu reden."

Jakob wunderte sich, daß ihn nicht das verwirrte, was sie gesagt hatte, sondern ihre Entschuldigung. Schließlich war es seine Absicht gewesen, Lea zurechtzuweisen und sie nachdrücklich auf ihre untergeordnete Rolle als Frau aufmerksam zu machen. Nun hatte sie das selbst getan, und Jakob stand etwas hilflos – gleichsam entwaffnet – vor ihr.

„Rede weiter, bitte! Du erklärst es sogar besser, als es damals dein Vater getan hat. Wie denkst du darüber, daß die einfarbigen Tiere kräftiger sein sollen als die gefleckten und gesprenkelten? Bringen sie ihrem Besitzer wirklich Glück?"

„Alles Unsinn", lautete die spontane Antwort. Leidenschaftliches Interesse las er in ihren Augen. „Es gibt einfach keinen Zusammenhang zwischen der Farbe der Tiere und ihren anderen körperlichen Vor- und Nachteilen. Das ist ein Aberglaube in Haran, der von einer Generation zur nächsten weitergegeben wird, und je älter eine Tradition, desto mehr schenkt man ihr Glauben. Aber gestimmt hat es noch nie. Ich habe mich schon oft gefragt, weshalb sie an einem solchen Unsinn festhalten."

Sie hat recht, gestand sich Jakob reuig ein. Sie hat vollkommen recht. Sein Vater hatte ihm nie solchen Unsinn erzählt. Und in Isaaks Schafherden hatte es viele gefleckte und gesprenkelte Schafe gegeben. Und die waren alle so gesund wie die anderen, vermehrten sich ebenso schnell wie sie. Lea hatte Sachverstand. Anerkennend stellte es Jakob fest. Aber niemals würde er das ihr gegenüber zugeben. Wie käme er dazu! Einer Frau gegenüber?! Überhaupt! Allmählich wurde es Zeit, sie zurechtzuweisen, sie wie ein Ungeziefer zu behandeln, das man mit dem Fuß zertrat, und nicht wie mit einem Gleichgestellten zu reden.

„Warum, denkst du, folgt man in diesem Land einem solchen Unsinn?" fragte er also scheinheilig. Er wollte ihr eine Falle stellen, und Lea tappte voll hinein.

„Es hat mit dem Glauben der Menschen in unserem Land zu tun", erklärte sie. „Wir haben die Teraphim, unsere Hausgötter, die über unsere Familie und unser Wohlergehen bestimmen. Wenn wir einfarbige Pfähle aufrichten, wirkt der Aberglaube. Wenn wir es nicht tun, wirkt er eben nicht. Der Hausgott bestimmt, ob es klappt oder nicht. Ist der Gott unserer Familie stärker als der einer anderen, haben unsere Schafe und Ziegen kräftigere Jungtiere. Und die Mägde und die Ehefrauen bekommen gesündere Kinder. So glauben es wenigstens die Leute."

„Aber du glaubst das nicht!" Dieser Satz war keine Frage, sondern eine Feststellung. Und damit hatte er sie in der Schlinge. Denn niemals würde sie so weit gehen! Nicht allein, daß sie sich anmaßte, wie ein Mann über die Aufzucht der Tiere zu reden, sie scheute sich auch nicht, über religiöse Dinge ihre Meinung abzugeben.

Das grenzte an Ketzerei, stellte den Glauben ihrer Väter in Frage. Jetzt mußte sie einfach einen Rückzieher machen! Kein Mensch – geschweige denn eine derart unscheinbare, so wenig hübsche junge Frau – durfte solche Überzeugungen haben. Das gab es einfach nicht! Sie sprach und dachte ja wie ein Mann.

„Natürlich glaube ich es nicht!" Lea dachte also nicht einmal an Rückzug. Ihre Beteuerung schien sie nur noch weiter in verbotenes Terrain zu tragen. Ob sie wohl schon mit irgend jemand in dieser Weise gesprochen hatte? Laban würde ein solches Benehmen seiner Tochter doch kaum billigen.

Aber Lea war noch nicht am Ende. „Das ist reiner Aberglaube und völliger Unsinn", erklärte sie mit Nachdruck. „Diese Götter haben keine Macht, gar keine! Allenfalls ist der Hausgott ein Symbol. Aber tatsächlich haben diese Götzen überhaupt keine Bedeutung. Es gibt keine Götterfamilie, und in diesen hölzernen Symbolen steckt keine Kraft."

Jakob starrte sie an. Ihre Worte entsetzten ihn. Nicht, was sie sagte, brachte ihn außer Fassung – darin stimmte er ja mit ihr überein –, sondern daß sie es sagte, daß sie es gewagt hatte, es auszusprechen. Er mußte dem ein Ende machen.

„Das ist Ketzerei!" erklärte er streng. „Du hast deinem Vater niemals so etwas gesagt. Er würde dich dafür streng bestrafen, würde dich vielleicht sogar töten. Und ich habe das gleiche Recht. Warum also erzählst du mir so etwas?"

Seine Stimme klang härter, als er es beabsichtigt hatte. Die großen Augen vor ihm weiteten sich. Aber Angst, Angst konnte Jakob nicht in ihnen entdecken, allenfalls einen Ausdruck des Verletztseins. Lea schlug die Augen nieder, neigte ihren Kopf und nahm ihre frühere unterwürfige Haltung ein.

„Ich ... es tut mir leid, mein Ehemann. Ich habe kein Recht dazu! Aber ich dachte ..."

„Du dachtest was? Das Recht zu haben, mit deinem Ehemann Ketzerei zu betreiben? Mir etwas über den Glauben beibringen zu können?"

„Bitte, verzeih mir." Unverwandt sah sie ihn an. Wieder konnte er keine Furcht in ihren Augen lesen, allenfalls Schmerz und so etwas wie Scheu. Wenigstens weinte sie nicht. Das hätte ihm im Moment gerade noch gefehlt.

Er hörte ihre sanfte Stimme: „Ich habe deshalb so mit dir geredet, weil ich weiß, woran du glaubst, Jakob. Du glaubst an den Einen Gott, an den Gott deines Großvaters Abraham. Du glaubst, daß er der eine wahre Gott ist und daß es keine anderen Götter gibt."

Jakob starrte sie mit offenem Mund an. „Wieso ... woher weißt du das?"

„Ich habe zugehört." Wieder senkte sie die Augen und neigte ihren Kopf. Es erinnerte Jakob an einen im Gebet versunkenen Menschen. „Ich habe oft zugehört, wenn du dich mit meinem Vater unterhalten hast. Ich ... weiß eine ganze Menge über dich."

Jetzt müßte er wirklich ärgerlich werden. Jakob versuchte es sogar. Aber es mißlang. Was empfand er eigentlich für diese junge Frau? Diese wenigen Stunden des Zusammenseins mit ihr hatten ihm eine vollständig neue Lea präsentiert. Im Moment kannte er Lea überhaupt nicht mehr.

„Und was denkst du über meinen Gott?" Diese Frage kam für Jakob selbst überraschend. Er spürte nur, daß ihm jetzt wirklich an einer Antwort gelegen war.

Lea sah ihn an, und er erkannte in ihren Augen ihre Liebe zu ihm. „Es ist gut, an einen solchen Gott zu glauben", sagte sie leise, „an einen Gott, der sich wie ein Gott verhält und nicht wie ein eifersüchtiger Hausgötze. Dein Gott liebt die Menschen und hilft ihnen. Es geht ihm nicht nur um die Opfer! Er scheint ein Gott zu sein, der über den einzelnen wacht und ihm dennoch erlaubt, seinen eigenen Weg zu suchen. Du kannst zu diesem Gott beten, und dein Gebet hat einen Sinn."

Lea sprach langsam und sanft, aber voller Leidenschaft. Jakob traute seinen Ohren kaum. Ein derart fester Standpunkt in Glaubensfragen; vernünftig und gut durchdacht! Welches Empfinden, welche Klugheit standen dahinter! Kein Gedanke mehr an seinen Zorn, an seine Wut! Er starrte Lea fassungslos an.

„Das hört sich so an, als würdest auch du an diesen Gott glauben."

„Ich möchte es gern, Jakob. Er ist der einzige Gott, der aus meiner Sicht diesen Namen verdient. Bitte erzähle mir von ihm."

„Da gibt's nicht viel mehr, was ich dir erzählen könnte. Du scheinst schon eine ganze Menge zu wissen."

„Hast du jemals ... hatte jemand ... ich meine ... hat Gott jemals zu dir gesprochen? Ist er dir in irgendeiner Gestalt erschienen? Oder ist es einfach etwas, an das du in deinem Herzen glaubst?"

„Unser Gott handelt gewöhnlich nicht in dieser Art. Er hat keine menschliche Gestalt, die wir sehen könnten."

„Aber du mußt doch irgendeine Begegnung mit ihm gehabt haben, ein Gefühl, daß dieser Gott da war ... "

„Nun, ich hatte einmal einen Traum."

„Erzähle!"

„Es passierte, bevor ich in euer Land kam; kurze Zeit, nachdem ich mein Elternhaus verlassen hatte. Ich war allein unterwegs. In jener Nacht lehnte ich mich gegen einen glatten Stein, um daran auszuruhen. Ich fühlte mich einsam, niedergeschlagen und traurig. Mein Vater war gestorben. Mein Bruder haßte mich. Sehr wahrscheinlich würde ich meine Mutter niemals wiedersehen. Als ich dann einschlief, hatte ich diesen Traum."

Jakob hielt in der Erinnerung an jene Nacht inne. Nie zuvor hatte er mit jemandem über dieses Erlebnis gesprochen. „Normalerweise erinnere ich mich gar nicht an meine Träume", gestand er, „aber diesen Traum habe ich bis heute nicht vergessen."

„Erzähl mir von ihm."

„Da stand eine Leiter, so ähnlich wie eine Treppe, die bis in den Himmel hinaufführte. Die Leiter war umgeben von einem hellen Schein. Dann sah ich Menschen auf der Leiter, wunderschöne Menschen, die hinauf- und herabstiegen. Und an der Spitze ..." Jakobs Stimme erstarb.

„An der Spitze? Was hast du da gesehen?"

„Gott!"

„Gott? Bist du dir da ganz sicher? Du hast doch gesagt, daß

du Gott nicht sehen kannst – weil er keinen Körper hat so wie wir Menschen. Wie kannst du dann sagen, es war Gott?"

„Ich weiß es nicht. Ich kann mich nicht ganz genau daran erinnern, was ich da oben auf der obersten Stufe gesehen habe. Aber ich bin mir sicher, es war Gott."

Lea nickte nachdenklich. „Träume verwirren mich. Spricht Gott durch sie? Oder sprechen wir darin zu uns selbst?"

„Es kommt noch besser", meinte nun Jakob, gefangen in der Erinnerung. „Gott sagte etwas. Er sagte mir, er sei der Gott meines Vaters und meines Großvaters. Und er sagte etwas über das Land."

„Das Land? Du meinst das Land dort, wo deine Familie lebt?"

„Ja! Es wird das Land Kanaan genannt. Die Stimme auf der oberen Stufe der Leiter sagte, daß es mir gehören soll und meinen Nachkommen, die sehr zahlreich sein sollen. Und da war noch etwas."

„Sag es mir", drängte Lea.

„ ... daß wir ein Segen für andere sein werden. Durch unsere Familie soll die ganze Welt gesegnet werden. Was bedeutet das, Lea? Meinst du, daß Gott tatsächlich zu mir gesprochen hat?"

„Ich weiß es nicht." Leas Augen sahen ihn nachdenklich an, voller Verständnis und Mitgefühl. „Aber der Traum klingt so, als sei Gottes Stimme in ihm gewesen. Und ganz bestimmt sagt er etwas über dich aus. Du willst – du brauchst – einen Gott, der dir nahe ist, der dir von Angesicht zu Angesicht begegnet."

„Ist mein Gott solch ein Gott, Lea? War es das, was Gott mir in diesem Traum sagen wollte?"

„Ich weiß nicht, Jakob. Aber ich hoffe es für dich. Vielleicht wirst du es eines Tages erfahren. Vielleicht werden wir beide es herausfinden."

Plötzlich, in diesem Moment, wurde Jakob bewußt, daß auch Silpa, die Dienstmagd, im Zelt anwesend war. Sie bewegte sich lebhaft im Zelt und war ganz offensichtlich damit beschäftigt, die Abendmahlzeit vorzubereiten. Etwas unsanft fühlte sich

Jakob in die Gegenwart zurückgerissen. Das Abendbrot! Was war mit diesem Tag geschehen? Dieser Tag, der so langweilig und leer vor ihm gelegen hatte! Im Nu war er verflogen.

Er schaute Lea an. Vor seinem Blick neigte sie den Kopf und verharrte bewegungslos. Wer war diese Frau? Eine Fremde, die da vor ihm auf dem Teppich saß. In der ersten Nacht hatte er ihren Körper kennengelernt. Und doch war sie eine Fremde für ihn. Hatte er wirklich einmal gemeint, sie sei ein verschüchtertes, ja einfältiges Wesen? Nun gut! Sie konnte schlecht sehen. Aber was wußte sie alles! Sie unterhielt sich mit ihm über Schafe und Ziegen, über Zuchtmethoden und die Aufzucht der Tiere mit mehr Sachverstand, als Laban ihn hatte. Einfühlsam und alles andere als töricht sprach sie von Glaubensfragen, und dann – dieses tiefe, fast beklemmende Verstehen seiner, Jakobs, Sehnsucht nach Gott. Wer war diese Fremde, die hier bei ihm saß?

Unter seinem unverwandten Blick wurde Lea ein wenig unruhig. Sie hob den Blick und lächelte schüchtern. Nichts Überhebliches war an ihr. Wie konnte er nur annehmen, sie sei selbstgefällig und hochfahrend, spiele sich anmaßend in den Vordergrund? Das entsprach doch offensichtlich überhaupt nicht ihrem Wesen. Schlicht und bescheiden war sie, besaß gleichwohl einen scharfen Verstand und eine einfühlsame Seele.

Morgen würde er den ganzen Tag über mit ihr reden. Er freute sich auf morgen, auf das Gespräch mit dieser fremden Frau. Jakob konnte es kaum erwarten, sie näher kennenzulernen, mehr von ihr zu entdecken. Außerdem! Er mußte sich fast gewaltsam an seine eigentlichen Pläne erinnern – außerdem würde dabei auch die Zeit schnell herumgehen.

Und heute nacht? Nun, vielleicht mußte er ja auch in der Nacht nicht so abweisend sein. Vielleicht würde er so auch die richtigen Worte finden, um ihr zu sagen, daß er – Jakob – sie durchaus schätzt. Lea würde sich bestimmt freuen. Sie brauchte ja auch wirklich so wenig, um sich zu freuen. Immerhin hatte sie wortlos hingenommen, daß er sie nicht liebt. Aber wäre es nicht grausam, so zu tun, als bedeute sie ihm überhaupt nichts?

Jakob fühlte sich unbehaglich. Was empfand er tatsächlich für diese Frau? Empfand er überhaupt etwas? Und wenn – was war es? Respekt? Dankbarkeit dafür, daß diese Frau mehr war als ein hirnloses, blindes Wesen? Neugier, mehr über diese Fremde zu erfahren? Er wußte es nicht. Aber was machte das schon! Zumindest würde es nicht langweilig sein. Nicht am Tag und – hoffentlich! – auch nicht in der Nacht.

Es könnte interessant werden! freute sich Jakob.

2

Die Sonne schien warm auf Leas Gesicht. Jetzt war die schönste Zeit des Tages. Es tat gut, morgens vor dem Zelteingang zu sitzen und sich nach der Kälte der Wüstennacht von der Sonne wärmen zu lassen. Schon bald würde sie den Schatten im Innern des Zeltes suchen, aber noch konnte sie die Frische des Morgens genießen.

Gestern war der letzte Tag der Brautwoche Rahels gewesen. Wie eine Ewigkeit war sie Lea vorgekommen. Zwei Wochen war sie nun schon mit Jakob verheiratet. Und wieviele neue Entdeckungen hatte die erste Woche gebracht: die Freuden der ehelichen Liebe, die vielen Stunden, die sie mit Jakob im anregenden Gespräch verbracht hatte. Und nun die zweite Woche! Unerträglich war sie ihr erschienen.

Nachdem ihre Brautwoche vorüber gewesen war, hatte sie sich in ein nahegelegenes Zelt zurückgezogen. Eine kluge Entscheidung. Denn niemals wäre sie imstande gewesen, jetzt mit ihrer Schwester zusammen in einem Zelt zu wohnen. Es war schon schwer genug zu wissen, daß dort drüben ...

Das andere Zelt stand nur wenige Schritte von dem ihren entfernt. Sie konnte es nicht sehen, aber sie wußte genau, wo es war. Und – sie konnte die beiden hören. Ihr Lachen. Ihr verliebtes, zärtliches Geflüster. Ihre Leidenschaft. Lea hatte versucht, nicht hinzuhören, aber sie konnte besser hören als die meisten anderen Menschen. So war sie dazu verurteilt, alles mitzuhören, mußte sie alle Bekundungen der Freude und Liebe aus jenem Zelt aufnehmen.

Ihre Erinnerung ging zurück zu ihrer Brautwoche mit Jakob. Nur in der ersten Nacht hatte sie die Liebe kennengelernt, die Rahel nun jede Nacht genoß. Und auch diese eine Nacht hatte ja nicht ihr gegolten. Jakob hatte sie für Rahel gehalten.

Sicher, die anderen Nächte waren schön gewesen, aber sie hatten ihr schmerzlich bewußt gemacht, daß Jakob sie nicht liebte. Aufmerksam und sogar einfühlsam war er gewesen. Doch eben ohne Liebe! Dennoch hatten sich die Tage dieser Brautwoche als unerwartet schön erwiesen. Noch niemals hatte Lea in dieser Weise mit jemandem reden können, wie sie es an diesen Tagen mit Jakob getan hatte. Dabei – wie sehnlich hatte sie es sich schon ihr ganzes Leben lang gewünscht, mit jemandem zu sprechen. Mit Jakob nun konnte sie es endlich tun – ohne Angst und Zurückhaltung. Nicht einmal, als er sie nach der Entdeckung ihres Betruges geschlagen hatte, hatte sie Angst vor ihm gehabt. Sie kannte Jakob. An ihm gab es nichts, wovor man sich fürchten mußte.

Lea biß sich auf die Lippen. Wahrscheinlich hatte sie zu viel geredet. Der Damm war gebrochen, und das Wasser war unkontrolliert ausgeströmt. Vielleicht sah Jakob jetzt in ihr eines dieser unmöglichen Klatschweiber, die sich auf dem Marktplatz gierig allem Klatsch und Tratsch hingeben. Lea mußte bei dieser Vorstellung lächeln. Sie würde sich schon Mühe geben, den Damm nicht wieder brechen zu lassen.

Dabei war es so gut, jemanden zu haben, mit dem man reden konnte; jemanden, der einen verstand, der zuhörte, ohne gleich gekränkt zu sein.

Freilich – Jakob war gekränkt gewesen. Mehrere Male sogar. Sie wußte es genau. Sie hatte ihn als Mann gekränkt, als sie mit ihm über Zucht und Aufzucht der Schafherden sprach. So etwas durfte ihr nicht noch einmal passieren. Eine unaufdringliche Empfehlung, ein kluger Hinweis konnten Jakob denken lassen, ihre Vorstellungen seien seine eigene Idee. Schließlich – sie war nur die Ehefrau, Jakob der Herr.

Lea überlegte, wie es mit Jakob und Rahel gehen würde. Nicht in ihren Nächten! Darüber wollte sie gar nicht nachdenken. Aber ihre Gespräche ... Ob die wohl auch so lebhaft und anregend waren – so wie ihre? Wohl kaum. Rahel war eigentlich immer ziemlich oberflächlich gewesen. Über ihr Leben hatte sie bestimmt noch niemals ernsthaft nachgedacht und schon gar nicht über so etwas wie althergebrachte Traditionen und Gebräuche. Allezeit fröhlich und freundlich würde sie eine unbeschwerte, wundervolle Gefährtin für Jakob abgeben. Ob sie auch seinen geistigen Ansprüchen genügte? Mit Sicherheit genoß Jakob jetzt die Zeit mit Rahel, wenn auch – wie sich Lea seufzend eingestand – in einer ganz anderen Art und Weise, als er seine erste Brautwoche mit ihr erlebt hatte.

Nun war sie vorüber. Die letzte Nacht war die siebente gewesen. Die Brautwoche war zu Ende. Heute morgen würde Jakob Rahels Zelt verlassen, und vielleicht, vielleicht würde er dann in ihr, in Leas Zelt kommen und mit ihr reden. Lea hoffte, freute sich auf dieses immerhin mögliche Zusammentreffen, hatte sie Jakob doch aufregende Neuigkeiten mitzuteilen.

Irgend etwas – oder irgendwer – rührte sich dort drüben. Lea hörte das Rascheln der Zeltplane, dann das Knirschen von Sandalen auf dem harten Boden. Jakob war auf dem Wege.

„Ich grüße meine erste Ehefrau", hörte sie seine vertraute Stimme.

„Genießt du den Morgen?"

„Oh! Mein erster Ehemann", gab Lea lächelnd zur Antwort. „Komm doch näher, damit ich dich ansehen kann."

Jakob hockte sich auf die Matte direkt vor dem Zelteingang. Lea konnte ihn nun sehen, wenn auch ein wenig undeutlich. Aber sie erkannte genug, um zu bemerken, daß er die Kleidung eines Hirten trug.

„Gehst du heute zum Schafpferch?"

„Rahel und ich werden den ganzen Tag dort verbringen. Am Abend sind wir wieder zurück."

Lea fühlte den schon so vertrauten Stich im Herzen. Doch so schnell sie nur konnte, unterdrückte sie dieses Gefühl. Gleichzeitig senkte sie den Blick, wußte sie doch nur zu genau, daß sich in ihren Augen ihre innersten Gedanken offenbarten.

Als sie dann Jakob wieder ansah, lächelte sie.

„Dann werde ich das Abendessen für dich bereit haben und auf dich warten – auf dich und deinen ganzen Hausstand."

Damit schloß sie unauffällig, aber selbstverständlich Rahel und ihre neue Magd, Bilha, mit ein.

Jakob nickte. „Du bist sehr aufmerksam. Ich danke dir."

Er gab sich zurückhaltend. Wahrscheinlich brannte er darauf, zu seiner Arbeit zurückzukehren und mehr Zeit in Rahels Gegenwart zu verbringen. Lea mußte es ihm also jetzt sagen.

„Ich habe dir etwas mitzuteilen, Jakob. Ich hoffe, es wird dich freuen. Ich glaube, ich erwarte ein Kind."

Jakob verschlug es den Atem. „Wirklich? Aber wie ist das möglich? So schnell ..."

Jakob brach mitten im Satz ab, halb aus Verlegenheit, halb aus fassungslosem Staunen. So viel er auch über die Zucht von Schafen und Ziegen wußte, so war er doch vollkommen hilflos, wenn es sich um die Schwangerschaft einer Frau handelte.

„Vielleicht ist es tatsächlich zu früh, um es mit aller Sicherheit sagen zu können", meldete sich nun Lea zu Wort. „Aber morgen werde ich es wissen. Dann werde ich es dir gleich sagen."

Jakob öffnete den Mund, wollte etwas sagen – und blieb stumm. Lea ahnte, was er hatte fragen wollen, aber dann nicht auszusprechen wagte. Er wollte wissen, woher sie es wußte. Aber genau darüber konnte er nicht mit ihr sprechen. Denn das würde bedeuten, über Dinge zu reden, über die sich Männer und Frauen nun einmal nicht miteinander unterhielten. Nicht einmal der Ehemann mit seiner Frau.

Doch Lea sehnte sich geradezu danach, es ihm zu erzählen. Sie konnten schließlich ganz unbefangen miteinander über die

Zeit der Trächtigkeit von Schafen und Ziegen sprechen, aber es war offenbar unmöglich, über Leas monatliche Regel zu reden. Das war „unrein"! Zumindest für die Männer.

Die Frauen waren allerdings nicht besser dran. Sie umschrieben diese Zeit – es geht ihr „nach der Frauen Weise". Gestern hätte Leas Regel beginnen sollen, und bisher war bei ihr immer alles sehr pünktlich gewesen. Niemals hatte sie sich um mehr als einen Tag verzögert. Lea war sich deswegen schon jetzt ihrer Sache ganz sicher. Aber wenn sie alles offenließ, konnte sie doch Jakob am nächsten Tag wiedersehen. Wie unwürdig, dachte sie, daß ich solche Tricks gebrauchen muß, um ein paar Minuten mit ihm sprechen zu können.

„Geht es dir gut?" fragte Jakob ein wenig hilflos. Sein Gesicht wirkte nun ganz ernst. „Gibt es etwas, was ich für dich tun kann?"

„Das gibt es in der Tat, Jakob." Lächelnd sah sie ihn an. „Behandele mich nicht so, als hätte ich eine Krankheit. Mir geht es sehr gut. Und das wird so bleiben, bis meine Wehen einsetzen."

„Gott sei gepriesen!" Eine gebräuchliche Redewendung. Aber die Worte klangen so, als meinte Jakob tatsächlich, was er da sagte. „Ich werde einen Sohn bekommen."

„Oder eine Tochter", wandte Lea ein.

„Nein! Es wird kein Mädchen sein. Gott wird mir einen Sohn schenken. Welchen Namen wirst du ihm geben?"

Lea atmete erleichtert auf. Jakob hatte offensichtlich vor, der Tradition ihrer Vorfahren zu folgen, wonach die Mutter den Namen des Kindes aussuchte. Vielleicht, weil das auch im Land seiner Väter Sitte gewesen war. Immerhin stammte seine Mutter ja auch aus Haran. Wie dem auch sei, Lea wußte, was sie ihm sagen sollte.

„Ruben!" lautete ihre rasche Antwort.

„Ruben? Das bedeutet ‚Siehe, ein Sohn'. Ein Name, wie ihn viele gebrauchen. Warum willst du unseren ersten Sohn gerade so nennen?"

„Weil ich möchte, daß du einen Sohn bekommst, Jakob. Ich möchte, daß du ihn siehst und dich über ihn freust." ... und mich dafür liebst, ergänzte sie insgeheim.

„Ich werde mich darüber freuen, Lea. Und ich werde dir dafür dankbar sein."

Lea schlug die Augen nieder und hoffte, er würde ihr nicht ansehen, wie sehr er sie verletzt hatte. Es ist nicht Dankbarkeit, was ich von dir will, schrie es in ihr.

Jakob erhob sich. „Ich muß nun zu den Schafen gehen. Aber was du mir heute morgen erzählt hast, hat mich sehr glücklich gemacht."

„Gott sei mit dir, Jakob."

„Gott sei mit dir, Lea."

Seine Sandalen knirschten auf dem harten Boden, als er in Richtung von Rahels Zelt davonging.

Die Sonne schien warm auf Leas Gesicht. Zu warm. Ihre empfindliche Haut brannte. Rasch stand sie auf und trat in das kühle dunkle Zelt. Lea mußte lächeln, als sie an ihre Verabschiedung mit dem Segen dachte. Wie formell war das gewesen! „Gott sei mit dir!" Aber die Worte kamen ihnen beiden so leicht und ganz selbstverständlich aus dem Mund.

Noch vor einem Monat hätte sie wahrscheinlich gesagt: „Der Hausgott sei mit dir." Aber es wäre nicht von Herzen gekommen. Dieser Abschiedsgruß dagegen klang aufrichtig.

Lea strich über ihren Leib. Und es könnte doch ein Mädchen werden; ganz gleich, was sie vorhin geredet hatten. Sie lächelte. Sie würde Jakobs Gott um einen Sohn bitten. Den ersten von vielen. Möge Jakobs Gott – nein, unser Gott! – meinen Leib fruchtbar machen und mir viele Söhne schenken. Dann wird mich Jakob liebgewinnen. Vielleicht!

Ruben – „Siehe, ein Sohn". Sie hatte diesen Namen wirklich mit aller Sorgfalt ausgesucht, wenn auch nicht aus dem Grunde, den sie ihrem Mann genannt hatte. Sie hatte Jakob gesagt, er würde seinen Sohn sehen. Doch tatsächlich bedeutete der Name: „Der Herr hat angesehen mein Elend". Und das hieß: Gott wußte um Leas Leid, und er würde ihr einen Sohn schenken, damit sie die Liebe ihres Ehemannes gewinnen könnte.

3

Lea saß auf dem Teppich in ihrem Zelt und knetete Teig. Sie hielt sich gern in ihrem dämmerigen kühlen Zelt auf, das wie ein Zufluchtsort für sie war. Hier fand sie Muße, über sich und ihre Familie nachzudenken, auch über die zehn Jahre, die sie nun schon mit Jakob verheiratet war.

Mehr als die meisten fühlte sich Lea in der dunklen Abgeschiedenheit des Zeltes zu Hause. Wie oft schon hatte das gleißende Sonnenlicht ihre zarte Haut verbrannt. Rahel dagegen wirkte mit ihrer sonnengebräunten Haut nur noch schöner ... Halt! Lea gebot ihren Gedanken Einhalt. Die in vielen Jahren mit fast übermenschlicher Anstrengung erworbene Gewohnheit setzte sich nahezu selbsttätig durch. Lea erlaubte es sich einfach nicht, Eifersucht ihrer Schwester gegenüber aufkommen zu lassen.

Wieder einmal wanderten Leas Gedanken zu Jakobs Gott. Noch immer wußte sie wenig über ihn. Und doch war er so gut zu ihr gewesen. In den vergangenen zehn Jahren hatte sie sechs Söhne bekommen; vier, die sie selbst geboren hatte, und zwei von Silpa, ihrer Leibmagd.

Da war Ruben, dessen Namen bedeutete: „Siehe, ein Sohn!" Er war so vernünftig und umgänglich, wie es ein neunjähriger Junge nur sein konnte.

Dann kam Simeon, gerade acht Jahre alt, mit dem Namen: „Gott hat gehört". Lea nickte. Ihre ersten beiden Kinder waren der lebende Beweis, daß Gott sieht und hört. Gott hatte Lea nicht nur angesehen, sondern auch ihre stillen Gebete gehört.

Der dritte Sohn, Levi, war jetzt sechs Jahre alt. „Zugehörigkeit, Zuneigung" – das verband sich mit seinem Namen. Lea hatte keinem Menschen erzählt, weshalb sie ihren dritten Sohn

so genannt hatte. Aber mit drei Kindern war Jakob fest an seine
so reizlose Ehefrau gebunden.

Juda, das vierte Kind, war erst fünf. Aber er ging schon mit
den anderen auf die Weide und half, die Schafe zu hüten. Ein ge-
wissenhaftes Kind. Auch seinen Namen hatte Lea sorgfältig ausgesucht: „Preist Gott!" Sie hatte Jakob gesagt, daß dies ihren
Willen, seinen Gott auch als den ihren anzuerkennen, deutlich
machen sollte. Doch insgeheim hatte sie auch hier eine andere
Deutung: Gott hatte sie gesegnet, sie durch ein festes Band mit
Jakob verbunden, und dafür wollte sie ihn preisen.

Alle vier Söhne waren jetzt bei Jakob auf dem Feld. Als sie fünf
oder sechs Jahre alt waren, hatten sie das Zelt der Mutter verlassen und bei ihrem Vater damit begonnen, das Schäferhandwerk
zu erlernen. Lea vermißte ihre Kinder, sie fehlten ihr. Aber sie
war ja auf den frühen Abschied vorbereitet gewesen. Bei Jakob,
bei ihrem Vater und allen anderen Männern hatte es sich genauso abgespielt. Jeder mochte die Buben leiden; besonders Ruben,
diesen freundlichen und verständigen Jungen, liebten alle.

Die beiden Jüngsten waren noch bei Lea im Zelt. Ein Jahr
würde noch vergehen, bevor Gad auf die Schafweide ging, und
ein weiteres, bis Asser soweit war. Mit ihren Namen „Glück
zu!" und „Wohl mir!" hatte es keine besondere Bewandtnis.

Die zwei waren Leas Kinder, obwohl die Magd Silpa sie geboren hatte. Gleich nach der Geburt hatte Jakob Gad und Asser
auf Leas Schoß gelegt, um in aller Öffentlichkeit zu bekunden,
daß sie Leas Kinder und den anderen vier Söhnen ebenbürtig
waren. Silpa hatte das ohne jede Äußerung hingenommen. Wie
sie sich denn auch der althergebrachten Tradition gefügt hatte,
daß ein Mann auch mit der Magd seiner Ehefrau schlief und daß
alle Kinder, von der Magd geboren, als Nachkommen der Herrin angesehen wurden.

Lea dachte an die beiden anderen Jungen, die Jakob ebenfalls auf
die Weideflächen begleiteten: Dan und Naftali, Rahels Söhne,
von ihrer Leibmagd Bilha geboren. Rahel selbst waren bisher
Kinder versagt geblieben. Also beanspruchte sie Bilhas Kinder

als ihre eigenen, aber Rahel hatte ihre Eifersucht nicht so gut unter Kontrolle wie ihre Schwester. In den Namen ihrer Söhne steckten die Begriffe „Richter, richten" und „Kämpfer". Rahel versuchte es auch gar nicht erst, mit ihren Gefühlen im Hinblick auf Leas Fruchtbarkeit hinter dem Berg zu halten. Sie sah darin sogar einen Kampf zwischen ihrem Hausgott und dem Gott Jakobs, den Lea insgeheim angenommen hatte.

„Mein Gott hat mir nun endlich Gerechtigkeit widerfahren lassen", hatte sie triumphierend gesagt, als Jakob ihr den kleinen Dan in den Schoß gelegt hatte.

Später, nach Naftalis Geburt, hatte sie zu Lea gesagt: „Siehst du, meine Götter waren die Stärkeren in unserem ‚Kampf'!" Aber Lea wußte, daß Rahel trotz dieser Siegesbekundungen innerlich tief verletzt war und es nicht verwinden konnte, keine eigenen Kinder bekommen zu haben.

Lea horchte auf. Das raschelnde Geräusch der zurückgeschlagenen Zeltplane verriet ihr, daß jemand hereingekommen war. Nicht Silpa! Sie konnte von ihrem Gang zur Wasserquelle noch nicht zurück sein. War es Rahel?

„Hallo, Mutter!"

Ruben war es. Welche Freude für Lea. Aber was tat er hier mitten am Tag? Gab es Schwierigkeiten auf der Schafweide?

Als ihr Sohn nähertrat, sah Lea, daß er etwas trug. Immer noch der Meinung, daß mit den Schafen etwas nicht stimme, fragte sie: „Was ist passiert?"

„Gar nichts, Mutter. Ich habe dir ein Geschenk mitgebracht." Ruben legte etwas zu ihren Füßen auf den Teppich.

„Liebesäpfel!" Lea hob einen Apfel auf und wog die Frucht in ihrer Hand. Das sah Ruben ähnlich. Für die meisten Menschen wären wohl Schwierigkeiten oder sonstige Nöte der einzige Beweggrund gewesen, sich in der Mittagshitze auf den weiten Weg zu Leas Zelt zu machen. Ihr Sohn kam einfach, um sie mit einem Geschenk zu erfreuen.

„Das ist sehr lieb von dir." Was Ruben mit diesem Geschenk verband, wußte sie nur zu gut. Liebesäpfeln schrieb man magische Kräfte zu. Wenn eine Frau sie aß, würde sie dadurch fruchtbar, hieß es. Das war natürlich Unsinn und Aberglaube, und Ruben wußte das.

„Mögest du noch viele Kinder bekommen!" sagte er jetzt.

Lea konnte das Gesicht ihres Sohnes nicht deutlich sehen, aber sie wußte genau, daß er vergnügt strahlte.

Und doch war dieses Geschenk mehr als nur ein Spaß. Lea wurde nachdenklich. Ruben wußte von dem Schmerz seiner Mutter, ihrer Trauer darüber, daß sein Vater Jakob seine nächtlichen Besuche in ihrem Zelt eingestellt hatte. Bis vor einem Jahr war er mehrere Male im Monat nachts zu ihr gekommen. Aber nachdem Juda geboren worden war, wurde Lea nicht mehr schwanger. Jakob, der annahm, Lea würde keine Kinder mehr bekommen, verbrachte seitdem keine Nacht mehr mit ihr. Das schmerzte. Es verletzte sie zutiefst, weil es ganz offenkundig machte, weshalb Jakob in den anderen Nächten zu ihr gekommen war.

Inzwischen hatte sich Lea damit abgefunden, keine Kinder mehr zu bekommen. Aber sie sehnte sich danach, wieder eine Nacht mit Jakob zu verbringen, seine zärtliche Umarmung zu spüren ... Aber ihre Nächte blieben einsam.

Und genau das wußte Ruben. Mit seinem Geschenk hatte er also nicht nur seine Mutter aufheitern wollen, er wollte ihr damit sagen, daß er sie verstand und mit ihr fühlte.

„Lea!" Das war Rahels Stimme. Sie stand am Eingang des Zeltes.

„Komm herein, meine Schwester."

Rahel setzte sich neben Ruben. Lea nahm ihre Schwester nur in Umrissen wahr, doch wußte sie genau, was zwischen ihrem Sohn und ihrer Schwester vorging. Rahel schenkte ihm eines ihrer strahlenden Lächeln, eines, das die reizenden Grübchen in ihren Wangen noch reizender erscheinen ließ, und Ruben lächelte zurück. Er liebte seine Tante Rahel. Jeder liebte sie. Sie war so hübsch und immer freundlich und immer liebenswürdig zu allen. Lea senkte ihren Blick. Wieder und immer wieder der alte geschwisterliche Kampf.

„Ich sah dich mit den Liebesäpfeln in das Zelt gehen", hörte sie nun Rahel sagen. „Wo hast du sie gefunden?"

„Auf der Weide im Osten, bei der Oase mit den fünf Palmen. Sie wachsen dort wild."

Rahel nickte. „Ich kenne die Stelle, aber ich habe dort niemals Liebesäpfel gesehen." Ihr schmeichelnder Ton klang sehr beredt. „Du, Ruben", schien er zu sagen, „du bist viel gescheiter als ich." Und tatsächlich antwortete Ruben mit einem erfreuten Lächeln.

„Lea!" Rahel wandte ihr lächelndes Gesicht der Schwester zu. Lea konnte sie nicht genau sehen, aber sie kannte Rahel und meinte, sie beinahe zu fühlen. Ihr ganzes sonniges Wesen schien in ihrer Stimme zu liegen. „Darf ich ... kann ich sie haben? Bitte ..."

Lea hoffte inständig, Rahels Augen hätten sich noch nicht so sehr an die Dunkelheit des Zeltes gewöhnt, damit sie nicht in ihren Augen lesen konnte. Dafür ruhte Rubens Blick nachdenklich auf ihr.

„Mutter", sagte er ernst, doch Lea registrierte den vergnügten Unterton in seiner Stimme, „warum gibst du sie nicht Tante Rahel? Vielleicht helfen sie ihr."

Lea senkte rasch den Blick, damit Rahel nicht die heimliche Belustigung darin wahrnehmen konnte, die sie mit ihrem Sohn teilte.

„Danke, Ruben", sagte Lea. „Aber ich will ihr die Äpfel nicht einfach schenken, ich will tauschen."

Der schmeichelnde Ton wich aus Rahels Stimme und machte mißtrauischer Wachsamkeit Platz. „Die Liebesäpfel tauschen? Aber womit?"

„Gegen eine Nacht mit Jakob!"

Rahel lachte erleichtert auf. Und Lea kannte den Grund. Es bestand für Rahel kein Anlaß zur Beunruhigung. Lea sehnte sich nach der Umarmung ihres Mannes. Na und? Rahel würde mit Freuden eine Liebesnacht mit Jakob an Lea abtreten. Schließlich bekam Lea ohnehin keine Kinder mehr. Aber dafür würde sie – Rahel – ein Kind bekommen. Was Lea forderte, war dafür ein geringer Preis.

„Also gut", meinte sie. Sie wandte sich an Ruben und fragte mit einem Lachen in der Stimme: „Warum lachst du so? Du bist noch viel zu jung, um das zu verstehen."

Lea unterdrückte ein Lächeln. Dieses Kind verstand weitaus mehr, als Rahel ahnte.

Ruben stand auf. „Ich gehe jetzt auf die Weide. Dem Vater werde ich bestellen, daß er in deinem Zelt erwartet wird. Heute nacht werde ich draußen auf dem Feld auf meine Brüder aufpassen. Ihr werdet ungestört sein."

„Danke, Ruben."

Immer wieder erstaunte Lea seine Reife. In einem Wüstenzelt gab es keinen gesonderten, abgetrennten Raum. Schlimm genug, daß sie das Zelt mit einer Magd und zwei kleinen Jungen teilen mußte. Aber es war etwas anderes, mit Kindern oder heranwachsenden Jungen im Zelt zu sein.

Am späten Nachmittag führte der vierjährige Gad Lea zu der Wasserstelle, die ungefähr hundert Schritte von ihrem Zelt entfernt lag. Hier würden sie Jakob erwarten.

Lea mußte nicht lange warten. Bald schon hörte sie den vertrauten Schritt. Jakob kam auf die Wasserstelle zu. Als er sie begrüßte, meinte er besorgt: „Wie bist du hierhergekommen? Du solltest dich nicht so weit von deinem Zelt entfernen."

„Gad hat mich hergebracht. Er wollte wissen, ob er jetzt endlich auf die Weide darf. Schon zum fünften Mal in diesem Monat hat er mich danach gefragt. Dabei muß er doch noch ein ganzes Jahr warten."

„Ungeduldiger Junge! Er hat mehr von Silpa als von dir."

Lea griff nach Jakobs Hand, und gemeinsam gingen sie auf das Zelt zu.

„Ruben hat mir gesagt, ich werde in deinem Zelt gebraucht", wandte er sich nun an Lea. „Ist irgend etwas nicht in Ordnung?"

„Alles ist in Ordnung, Jakob." Lea bemühte sich, ihrer Stimme einen unbeschwerten festen Klang zu geben. Sie hoffte, ihre Augen würden Fröhlichkeit und Humor widerspiegeln. „Ich bin als Käufer aufgetreten und habe den Kaufpreis für dich gezahlt."

„Den Kaufpreis für mich gezahlt? Bin ich denn ein Schaf, mit dem man handelt?"

Lea lachte, hatte sie doch den vergnügten Klang in seiner Stimme wahrgenommen. „Ich habe dich gekauft für den Wert der Liebesäpfel, die Ruben mir heute vom Feld mitgebracht hat. Ich habe sie Rahel gegeben – im Tausch gegen eine Nacht und den folgenden Tag mit dir in meinem Zelt." Der „nächste Tag" war zwar nicht Bestandteil ihres Handels gewesen, aber Rahel und Ruben würden das wohl niemals erfahren.

Jakobs schallendes Gelächter sagte mehr als alle Worte. Er nahm ihr diesen Handel offensichtlich nicht übel. Im Gegenteil! Er schien es zu genießen. Es schmeichelte ihm, und bereitwillig unterwarf er sich den Spielregeln.

„Deshalb also hütet Ruben heute nacht seine Brüder draußen auf dem Feld! So ein gescheiter Bengel!" Jakob war auf seinen Ältesten ebenso stolz wie Lea.

„Ich verstehe, weshalb du mich heute nacht in deinem Zelt haben willst. Aber weshalb auch morgen den ganzen Tag?"

Sie waren bei Leas Zelt angelangt, und Jakob bückte sich, um als erster einzutreten. Eine kluge Ehefrau ging ihrem Mann niemals voran.

„Das hat Zeit bis morgen", antwortete Lea. „Laß uns eine Sache nach der anderen tun."

Wie konnte sie Jakob erklären, daß ein Tag mit ihm ihr ebensoviel bedeutete wie eine gemeinsame Nacht? Jakobs Liebe gehörte nicht ihr. Sie gehörte Rahel, und Lea wußte, daß sie an Liebe und Zuwendung wohl nie mehr erfahren würde, als Jakob ihr als eheliche Pflichterfüllung zubilligte.

Vielleicht aus diesem Grunde empfand sie die mit Jakob erlebten Stunden eines Tages als wunderschön. Der geistige Gleichklang, der sie mit Jakob verband, das anregende Gespräch ... Was konnte es für sie Schöneres geben! Und worüber sie miteinander reden konnten! Über die Schafherden und Ziegen, die Kinder, die familiären Probleme und sogar über Angelegenheiten des Glaubens und der Religion. Für beide waren es

kostbare Stunden, in denen sie sich auf eine besondere Weise
einander nahe, miteinander verbunden fühlten.

Der appetitanregende Duft eines Lamm-Eintopfes erfüllte das
Zelt. Jakob und Lea ließen sich auf dem Teppich nieder, und die
Magd Silpa bediente sie. Lea hatte schon vor längerer Zeit die
Sitte aufgehoben, wonach zuerst die Männer und die Jungen essen, und die Frauen und Mädchen sich mit dem zufriedengeben
müssen, was übrigbleibt. Obwohl man sich in Rahels Zelt noch
streng an diese Vorschrift hielt, paßte sie einfach nicht in Leas
Zelt. Jakob hatte das hingenommen, empfand er doch ein ge-
mütliches Essen mit Lea keineswegs als unangenehm. Im Gegenteil!

„Sag mir doch, was du morgen von mir willst", drängte
Jakob.

„Ich habe es doch schon gesagt – das hat noch Zeit. Wir wollen eins nach dem anderen tun."

„Gut also! Was kann ich sonst noch tun? Ich bin wie ein
Schafbock gekauft worden, und du hast den Kaufpreis für mich
entrichtet. Nun will ich meine Rolle auch spielen. Heute nacht
wirst du dir wünschen, ein Mutterschaf statt einer Frau zu sein."

Leas Lachen klang ein wenig dünn. Wenn es doch nur nicht
so wäre! Wie oft hatte sie sich tatsächlich so gefühlt. Rahel dagegen durfte sich immer als Frau fühlen. Hastig schob sie diese
Gedanken von sich. Heute war ihre Nacht mit Jakob, und sie
durfte diese Nacht um keinen Preis zerstören.

4

Lea schritt in der leichten Morgenbrise dahin, die Frische wie eine Umarmung genießend. Sie tauchte ihre Hände in den stillen Teich bei der Wasserstelle, wusch ihr Gesicht. Der warme Sonnenschein auf ihrem Gesicht wirkte belebend. Ein Monat war seit dem Malkosh, dem letzten Niederschlag der Regenzeit, vergangen, und vor zwei Wochen war die Lammungszeit gewesen. Jetzt hatten sie die Zeit des Aviv, die Erntezeit, wo die Gerste reif wurde und die Gärten voller Früchte waren. Wie gut es tat, allein zu sein und den köstlichen Morgen zu genießen.

An diesem Morgen war Lea das erste Mal in ihrem Leben allein zur Wasserstelle gegangen. Sie hatte keine Angst. Selbst wenn sie sich verlaufen sollte und in die Wüste geriet, irgend jemand in der Oase würde sie schon rechtzeitig entdecken. Aber wenigstens für ein paar Augenblicke wollte sie mit ihren Gedanken allein sein, ehe die übrigen Zeltbewohner erwachten.

Lea lächelte. Hinter ihr lag eine von Glück erfüllte Nacht mit Jakob. Seine Zärtlichkeit, seine Leidenschaft, der feste Griff seiner sie umschließenden Arme ... Wenn er sie doch nur ein wenig lieben könnte! Warum nur Rahel? Halt! Solche Gedanken mußte sie schnell unterdrücken.

Dieser Tag würde vielleicht sogar noch schöner werden als die Nacht. Lea ermahnte sich selbst, fröhlich zu sein und nicht griesgrämig, eher bescheiden als zu selbstbewußt. Und – das nahm sie sich fest vor – sie wollte mehr zuhören als selbst reden. Auf keinen Fall durfte sie Jakob verärgern, sonst würde er vielleicht schon um die Mittagszeit wieder hinaus aufs Feld gehen. Die Ruhezeit in der Mitte des Tages nutzte er nie, und so würde er nicht zögern, zu den Schafen zurückzukehren, wenn er sich bei ihr langweilte. Das durfte nicht geschehen. Auf gar keinen Fall! Lea wollte ihren Mann den ganzen Tag für sich haben.

Noch ein Versprechen fiel ihr ein, das sie sich selbst gegeben hatte: Jakob sollte nie den Verdacht hegen, daß sie seine Geschäfte für ihn führen wollte. Sie wollte ihm nicht sagen, was er zu tun hatte, oder ihn beeinflussen, die Dinge so anzupacken, wie sie es gern hätte. Wie fast alle Männer reagierte Jakob sehr schnell verärgert, wenn sich eine Frau selbst behaupten wollte. Nach seinem Verständnis hatte ein Mann die Führung zu übernehmen – sowohl in der Liebe wie auch in Geschäften.

Geschäfte! Darüber wollte sie heute mit Jakob reden. In ihr brodelte es von Ideen, Plänen und Hoffnungen. Lea runzelte angestrengt die Stirn. Wenn sie doch nur einen Weg finden könnte, seine Überlegungen mit zarten Hinweisen zu steuern und ihn zu ermutigen, auf ihre Vorschläge einzugehen. Sollte er ruhig davon überzeugt sein, daß es seine eigenen Ideen waren, auch wenn sie viele Stunden damit verbracht hatte, sie zu entwickeln. Doch Vorsicht war geboten. Wenn Jakob merkte, daß es sich um ihre Ideen handelte, würde er sie sehr wahrscheinlich zurückweisen.

Sie hörte das Knirschen seiner Sandalen, noch ehe er ihren Namen gerufen hatte.

„Guten Morgen, Jakob! Möge Gott dir heute einen angenehmen Tag schenken."

Doch Jakob war nicht in der Stimmung, Begrüßungsworte auszutauschen. „Lea, wie kommst du hierher? Wie konntest du nur so weit alleine gehen? Noch niemals hast du das getan! Was wäre, wenn du die Wasserstelle verfehlt und dich in der Wüste verirrt hättest?"

„Dann", gab sie zur Antwort und bemühte sich, ihre Stimme hell und fröhlich klingen zu lassen, „nehme ich an, würdest du mich suchen und mich zum Zelt zurücktreiben wie eine wilde Kuh."

Lea atmete auf, als sie Jakob lachen hörte. „Ich würde dich tatsächlich mit einem dicken Stock zurücktreiben, da kannst du sicher sein!"

Es war ein für Lea kostbarer Augenblick, wie sie da in der frischen Morgenluft beieinanderstanden, bereits die angenehme Wärme der frühen Sonnenstrahlen auf der Haut spürend. Lea nahm sich vor, diesen Moment in ihrer Erinnerung festzuhalten. Jakob kniete neben ihr am Teich nieder.

„Und nun mußt du mir erzählen, weshalb du für diesen Tag den Kaufpreis gezahlt hast."

Lea lächelte ihn schüchtern an. „Gespräche! Ich will mit meinem Ehemann sprechen. Manchmal fühle ich mich einsam, allein im Zelt den ganzen Tag. Ich brauche eine Beschäftigung ... jemanden, mit dem ich reden kann."

Das war nicht die ganze Wahrheit. Es gab eine Menge Leute, mit denen Lea reden konnte: ihre Schwester Rahel, die Mägde, die Kinder. Viele kleine Aufgaben warteten jeden Tag darauf, getan zu werden, und Lea war immer beschäftigt, hatte nie Langeweile. Würde Jakob sie verstehen? Erkannte er ihre Einsamkeit, ihre Sehnsucht nach ihm, die Sehnsucht, ihre Gedanken mit einem ebenbürtigen Partner zu teilen?

Jakob schwieg einen kurzen Moment, dann sah er Lea an. Er seufzte. „Du bist mehr als ein Mutterschaf, das ... Also gut! Wo fangen wir an? Vielleicht möchtest du alles über die neugeborenen Lämmer wissen und über die Ziegen, die krank waren, und wie es mit der Gerstenernte steht."

Lea atmete erleichtert auf. Er hatte verstanden. Zumindest hoffte sie es.

„Berichte mir zuerst von den Lämmern", bat sie. „Wieviele sind es? Sind sie gesund?"

„Bei unserer letzten Zählung kamen wir auf über fünfzig Lämmer. Die beiden letzten starben kurz nach der Geburt. Sie waren ohnehin schwach. Die Lämmer, die mitten in der Regenzeit geboren wurden, sind die kräftigsten. Ihnen geht es großartig."

„Wie sehen sie aus?"

„Dreißig sind weiß. Wir haben sie sofort von den anderen zwanzig Lämmern getrennt. Du weißt, was dein Vater Laban über schwarze Schafe denkt und auch über die Schafe mit nur

42

einem Fleckchen in einer anderen Farbe. Er läßt sie schlachten, bevor sie selbst Junge bekommen können."

„Ich weiß. Er ist davon überzeugt, daß sie schwächlich sind und ihm Unglück bringen."

Darüber hatten sie schon oft gesprochen. Lea mußte das Gespräch vorantreiben, ehe es Jakob langweilig wurde.

„Es ist eine Schande, so viele kräftige Tiere zu töten", sagte sie. „Könntest du Laban nicht dazu überreden, sie am Leben zu lassen?"

„Glaubst du wirklich, er würde das tun? Du kennst doch deinen Vater!"

„Vielleicht ... vielleicht würde er sie ja dir geben."

„Und warum sollte er das tun?"

Lea zuckte die Achseln. „Er könnte sie dir schenken. Als Zeichen der Anerkennung für deine Treue in all den Jahren. Er schuldet dir doch wirklich einiges."

„Ich habe meinen Lohn schon für vierzehn Jahre erhalten. Du bist der Lohn für sieben Jahre."

„Aber aus den vierzehn Jahren sind inzwischen siebzehn geworden, Jakob. Was ist mit den letzten drei Jahren?"

Jakob blieb stumm. Als er wieder zu reden begann, klang seine Stimme weich und schwermütig. „Ich habe schon seit langem darüber nachgedacht, Laban um einen Lohn zu bitten. Natürlich – wenn ich bei ihm arbeite, bis er stirbt, werde ich einen Teil des Erbteils bekommen. Nimmt man deine fünf Brüder dazu, wäre das für mich ein Sechstel."

„Ist es das, was du willst? Bis zu seinem Tode bei meinem Vater zu bleiben und dann ein Sechstel seines Besitzes zu erben?"

„Nein!" Wieder schwieg Jakob, doch dann sagte er heftig, fast leidenschaftlich: „Das ist es wirklich nicht, was ich möchte. Ich möchte mein eigener Herr sein! Wenn ich einen Lohn fordere, etwa ein paar Schafe und Ziegen für die Arbeit eines jeden Jahres, vielleicht kann ich ja dann eigene Herden züchten ..."

„Aber – wird mein Vater dir überhaupt etwas geben? Ich bin sicher, es wäre ihm nicht recht, wenn du so reich würdest wie er."

„Da hast du sicherlich recht! Er würde mir nicht einmal einen guten Schafbock oder ein Mutterschaf für die Zucht geben, es sei denn ... "

„Es sei denn, was, Jakob?" Lea hielt den Atem an; bereit, ihm die Idee vorzutragen, die sie sich in den letzten Wochen ausgedacht hatte.

„Es sei denn, er überläßt mir die schwächlichen Tiere, die gescheckten und gefleckten. Er würde sie mir bestimmt geben und hinter meinem Rücken über meine Dummheit lachen."

„Und wie denkst du über diese ... äh ... deine Dummheit?"

„Meine sogenannte Dummheit würde sehr wahrscheinlich bald zu einer beachtlichen Anzahl von schwarzen Schafen und gefleckten Ziegen führen. Laban würde nicht lange über mich lachen, wenn er den Erfolg vor Augen hätte."

„Du verstehst so viel von der Zucht! Du könntest in zwei Jahren eine ganze Herde züchten."

„Das stimmt!" Jakob war begeistert.

„Ich würde nicht zulassen, daß die Mutterschafe zu viele Lämmer bekämen – das schwächt sie zu sehr. Ich würde mit den zwanzig Lämmern anfangen, die Laban gerade zurückgewiesen hat. Und mit den Ziegen – zwölf sind für die nächste Schlachtung bestimmt. Sie haben eine weiße Zeichnung. Es wäre ganz einfach, sie mit einigen von Labans Tieren zusammenzubringen, von denen man weiß, daß sie gescheckte Junge bekommen. Ich würde dafür nur die kräftigsten Tiere nehmen ..."

„Aber würde Laban sie dir überlassen – vor allem die gesunden Tiere?"

„Wahrscheinlich nicht." Jakobs Gesichtsausdruck verfinsterte sich. „Ich bin überzeugt davon, daß er alles tun wird, seine kräftigen Böcke von meinen gefleckten Tieren fernzuhalten."

„Und wie wäre es, wenn du dieses Hirtenkunststück anwendest und die Tiere dazu bringst, sich vor gestreiften Stäben zu paaren?"

Leas Frage klang unschuldig, und sie senkte rasch den Blick, damit Jakob darin nicht allzu offenkundig lesen konnte. Schließlich hatte sie tagelang über dieses Problem nachgedacht. Aber es mußte so aussehen, als sei das allein seine Idee.

44

Jakobs rascher Verstand erfaßte sofort die Bedeutung ihrer Frage. „Natürlich! Dein Vater könnte nichts dagegen haben, daß seine kräftigen Böcke vor mehrfarbigen Stäben ihre Arbeit tun." Er lachte. „Und überhaupt! Ein reinweißes Schaf, das sich vor einem mehrfarbigen Stab paart, würde ja seiner Meinung nach niemals weiße Lämmer bekommen!"

Begeistert rieb er sich die Hände. Und was den Einfall anbetraf – er schien keinen Verdacht zu hegen.

Die Sonne stand bereits hoch am Himmel, und Lea spürte die Sonnenstrahlen auf der Haut brennen. Sie zog die Kapuze ihres Gewandes über den Kopf, um ihr Gesicht vor der Sonnenglut zu schützen.

„Es wird Zeit, ins Zelt zu gehen", drängte Jakob besorgt. „Du darfst nicht so lange hier draußen in der Hitze bleiben."

Wenigstens war er so taktvoll, nicht zu erwähnen, daß Lea die Hitze nicht so wie Rahel vertrug, die jeden Tag draußen im Freien zubrachte, ohne einen erkennbaren Schaden davonzutragen. Im Gegenteil! Sie wurde dadurch nur noch schöner. Aber Jakob sagte nichts, und Lea vermerkte freudig, daß er mit den Jahren gelernt hatte, ihre Überempfindlichkeit hinzunehmen und seine beiden Frauen nicht nach einem Maß zu messen. Zumindest nicht nach außen.

In der schattigen Kühle des Zeltes hockte sich Jakob Lea gegenüber auf den Teppich. Sie nahm ihn wahr, wie er ruhig und ganz offensichtlich entspannt dasaß. Aber sie spürte auch, daß er nur mühsam seine Unternehmungslust zurückhalten konnte, daß Pläne und Ideen in seinem Kopf durcheinanderwirbelten.

„Ich werde die gestreiften Stäbe bei den Oasen aufstellen", sagte er gerade mit aufgeregter Stimme. „Dann werde ich mit aller Sorgfalt die Schafe und Ziegen aussuchen, die ich zusammenbringen will. Es wird keine wahllose Zucht mehr geben. Die Tiere, die ich zusammenbringen werde, müssen zwei Merkmale haben: Es müssen kräftige, gesunde Tiere sein, und sie müssen schon mehrmals gefleckte Junge bekommen haben."

„Aber was ist, wenn mein Vater und meine Brüder Verdacht

schöpfen und die Sache mit den gestreiften Stäben nicht mitmachen?"

„Zunächst einmal werden sie keinen Verdacht schöpfen", beruhigte Jakob seine Frau. „Nach etwa einem Jahr, wenn er meinen Erfolg sieht, wird er mir vielleicht verbieten, meine Tiere länger mit seinen zusammenzubringen. Möglicherweise verlangt er dann auch, unsere Herden getrennt zu halten. Aber dann ist es zu spät. Bis dahin habe ich einen großen und wachsenden Bestand an scheckigen Schafen und Ziegen."

„Aber wird er nicht wegen der gestreiften Stäbe mißtrauisch werden? Du weißt, daß er an diesem alten Aberglauben festhält. Muß er nicht glauben, die Stäbe seien der Grund für deinen Erfolg?"

„Natürlich wird er das glauben – das ist es ja gerade! Es können Jahre vergehen, bevor er sich eingestehen wird, daß die Stäbe nichts damit zu tun haben, falls er das überhaupt jemals tun wird. Er kann das mit den Stäben auch umstellen, wenn er will. Das wird ihn auf Trab halten, während ich mich meiner Schafzucht widme. Er wird sich Pläne ausdenken, wie er mich überlisten kann, und immer werden diese dummen Stäbe eine Rolle spielen."

Noch den ganzen ruhigen Nachmittag über sprachen sie miteinander. Jakob darüber, welche Schafe und Ziegen er für die Zucht aussuchen wollte und wie er die Herde teilen würde. Gelegentlich meldete sich Lea mit einem Vorschlag zu Wort. Doch ihre stete Ermutigung bewirkte, daß Jakob fast nur allein sprach.

„Morgen werde ich mit deinem Vater reden", sagte er abschließend. „Ich werde meinen Lohn fordern. Diese einfache Bitte kann er mir nicht abschlagen."

„Aber wird er nicht Verdacht schöpfen, wenn er deinen Eifer bemerkt?" gab Lea zu bedenken. „Er kann zwar nicht wissen, was du planst, aber er wird sich fragen, weshalb du so darauf brennst, alle gescheckten Tiere zu erhalten."

„Du hast recht! Aber wie kann ich darüber sprechen, ohne daß er mißtrauisch wird?"

„Warum sagst du ihm nicht einfach, du brauchst den Lohn, weil du in deine Heimat ziehen möchtest?"

Jakob runzelte die Stirn. „Ich kann nicht zurück in meine Heimat, und Laban weiß das. Ich habe ihm die Sache mit meinem Bruder erzählt. Er würde mir niemals glauben."

„Vielleicht tut er es doch, wenn du ihm erzählst, daß du dich davon überzeugen willst, ob deine Mutter noch lebt, und daß du das Grab deines Vaters aufsuchen möchtest. Du könntest ihm sagen, daß dich das Heimweh nach den Bergen deiner Heimat überwältigt hat, nachdem du nun so lange in flachem Lande leben mußtest."

„Alles, was du sagst, ist wahr", wunderte sich Jakob. „Schon seit Jahren sehne ich mich danach, in meine Heimat zurückzukehren. Was mich daran hindert, ist nur die Angst vor meinem Bruder."

„Erzähle Laban davon. Vielleicht glaubt er dir. Und wenn er das tut, wird er alles daransetzen, damit du hierbleibst. Besonders dann, wenn du ihm klarmachst, was du alles für ihn getan hast und wie seine Herden unter deiner Leitung gewachsen sind. Du könntest sogar erwähnen, daß dein Gott deine Arbeit gesegnet hat ... "

„Was auch wahr ist!"

„Und mein Vater würde das glauben. Er ist so leichtgläubig in diesen Dingen. Irgendwie hat er die Vorstellung, daß dein Gott dir Glück bringt."

„Wenn das so ist", wandte Jakob ein, „wird er dann nicht auch annehmen, mein Gott würde meine Herden vermehren, auch wenn sie gescheckt sind?"

„Das halte ich für möglich. Aber würde ihm das wirklich etwas ausmachen? Es sind doch seiner Meinung nach nur die schwachen Tiere. Und wenn sie vor gestreiften Stäben empfangen, was ändert das schon? In diese Richtung denkt mein Vater."

„Wahrscheinlich hast du recht."

„Da ist noch etwas!" Lea hielt inne. Bleib ruhig, ermahnte sie sich selbst. Du redest zuviel. Er könnte dahinterkommen, daß es deine Ideen sind, nicht seine. Und doch – etwas mußte sie noch hinzufügen.

„Es geht um die Habgier. Mein Vater genießt es, reich zu sein.

Er kann niemals genug bekommen. Darum wird er das für wahr halten, was er glauben will."

„Und", fiel ihr Jakob aufgeregt ins Wort, „er wird denken, er könnte mich übers Ohr hauen. Wieder einmal! So wie er es schon einmal getan hat, als er mir die falsche Frau gab. Und jetzt glaubt er ..." Jakob verstummte.

„Vergib mir, Lea, bitte! Ich hätte das nicht sagen dürfen."

„Es ... es ist schon gut, Jakob. Ich verstehe."

Ihre Augen mußten sie wieder einmal verraten haben. Sie konnte einfach nichts vor Jakob verbergen. Warum mußten sie auch so deutlich die Qual ihres Herzens widerspiegeln? Und warum empfand sie an einem Tag wie diesem überhaupt Schmerz? Nach der Erfüllung der vorigen Nacht und den so guten Gesprächen des heutigen Tages mit Jakob sollte sie eigentlich zufrieden sein. Aber die alte Wunde blieb offen, sie heilte nicht zu.

Jakob hatte ihr so viel gegeben in diesen siebzehn Jahren. Er hatte ihr ein Zuhause geschenkt, Sicherheit, sogar Zärtlichkeit. Und doch konnte er das eine, wonach Lea sich so sehnte, nur Rahel schenken. Wieder einmal zwang sie sich dazu, nicht in derart verbotenen Bahnen zu denken. Mühsam kämpfte sie sich zurück in die Gegenwart. Wie besorgt Jakob sie ansah!

„Ich verstehe, Jakob. Wir wollen nicht zulassen, daß alte Wunden die letzten Augenblicke eines wundervollen Tages zerstören."

Jakobs Erleichterung darüber, ihn mit ihren Gefühlen zu verschonen, war nicht zu übersehen. „Und es war doch ein schöner Tag! Oder?"

„Das war es! Ein schöner Tag und eine wundervolle Nacht. Sie waren ihren Preis wirklich wert."

Die Erinnerung an den kleinen Scherz ließ Jakob leise auflachen. „Als ob du überhaupt Liebesäpfel nötig hättest. Du hast mir schon vier Söhne geschenkt. Und vielleicht – nach heute nacht! – wird es noch einen geben."

Lea runzelte die Stirn. Jakob glaubte nicht, was er da sagte, und auch sie glaubte es nicht. Ihre Zeit, Kinder zu gebären, war vorüber. Aber deswegen durfte sie nicht bitter werden. Nicht jetzt, wo sie so viel geschenkt bekommen hatte. Und sie mußte versuchen, den unbeschwerten Ton ihrer Unterhaltung beizubehalten.

„Wenn ich wirklich noch einen Sohn bekommen sollte", bemerkte sie lächelnd, „werde ich mich um einen neuen Namen bemühen müssen."

„Du hast bereits sechs Söhnen einen Namen gegeben", meinte Jakob. „Dir können doch kaum noch welche einfallen. Sag es mir! Wie würdest du ihn nennen?"

„Ich glaube, ich würde ihn Issachar nennen."

„Issachar?" Jakob brach in schallendes Gelächter aus. „Natürlich! ‚Lohn!' Das ist der genau richtige Name. Schließlich hast du mich mit ein paar Liebesäpfeln gekauft!"

Wenn es nur so wäre, dachte Lea, während der gemeinsame Nachmittag unter Lachen verging. Wenn sie doch die Liebe ihres Mannes kaufen könnte. Aber – und das wurde ihr urplötzlich klar – genau das war es ja, was sie über all die Jahre versucht hatte. Nicht mit Liebesäpfeln, aber mit ihren Kindern.

Und auf einmal wünschte sich Lea glühend, noch ein Kind zu bekommen. Dann würde das Wort „Lohn" für sie eine neue, verborgene Bedeutung erhalten: nämlich die eines weiteren Teils des Lohnes, den Lea für die Liebe ihres Ehemannes zahlte.

5

Zu Leas Überraschung und Jakobs Freude geschah das Unglaubliche: Lea wurde schwanger. Und es war wieder ein Sohn!

Gleich nach der Geburt des Kindes saß Lea aufrecht auf ihrem Lager, und Jakob legte seinen Sohn auf Leas Knie.

„Er soll Issachar heißen", sagte Lea.

„Lea", Jakobs Stimme bebte vor Stolz, „wir haben jetzt neun Söhne!"

Lea lächelte und legte das Neugeborene an ihre Brust. Es begann geräuschvoll zu saugen.

„Gott ist so gut!" murmelte sie.

Jakob hockte sich neben Leas Bett. Es war ein vertrautes Bild. Lea wußte, daß ihr Mann es immer voller Freude und Stolz beobachtet hatte, wenn einer seiner Söhne an ihrer Brust trank.

„Neun Söhne!" Er strich über seinen langen schwarzen Bart und fuhr sich mit den Fingern durch das sorgfältig geölte Haar. „Neun Söhne! Wir müssen uns keine Sorgen machen, wenn wir alt sind."

Lea nickte. „Ich kann die Furcht deines Vaters gut verstehen, als Rebekka so lange Zeit keine Kinder bekam. Wie muß er um einen Sohn gebetet haben – und dann schenkte Gott ihm gleich zwei auf einmal!"

„Ja", murmelte Jakob, „und einer ließ seine Mutter im Stich." Die Bitterkeit in seiner Stimme war nicht zu überhören.

„Aber Jakob, Esau ist bei ihr. Er sorgt für deine Mutter."

Jakob nickte mit finsterem Gesicht. „Das hat vielleicht mein Leben gerettet. Ich nehme an, das ist auch der Grund, weshalb mich Esau nicht bis hierher verfolgt hat, um mich zu töten. Er blieb zu Hause, um für meine Mutter da zu sein."

„Aber das würde bedeuten, daß sie noch am Leben ist. Glaubst du, daß Esau noch immer seinen Schwur einlösen will, dich zu töten? Vielleicht ist er inzwischen reifer geworden und hat seine Rachegelüste längst überwunden."

Jakob meinte nachdenklich: „Esau ist nicht der Mensch, der seine Meinung ohne zwingenden Grund ändert. Und außerdem: Er hat einen heiligen Eid geschworen. Der kann nicht so leicht gebrochen werden."

„Wenn das so ist, was könnte ihn daran hindern, hierher zu kommen, wenn deine Mutter gestorben sein sollte?"

Jakob schwieg. Dann sagte er langsam: „Ich denke seit vielen Jahren über das alles nach. Aber – ich bin mir nicht sicher, was ich tun würde."

„Esau würde es doch nicht wagen, dir hier etwas anzutun! Du stehst schließlich unter Labans Schutz."

„Ich weiß! Und ich habe neun Söhne, die bald zu Männern herangewachsen sein werden. Wir sind gut gerüstet."

„Aber du fühlst dich nicht sicher."

Jakob schüttelte den Kopf. „Du kennst Esau nicht ..."

„Ich denke, ich kann mir nach deinen Schilderungen ein ziemlich gutes Bild von ihm machen. Er ist wild und rücksichtslos. Wenn er könnte, würde er uns alle töten. Aber er ist auch ehrenhaft. Er würde seine Mutter nicht verlassen. Und er achtet die Gesetze der Gastfreundschaft und wird dir nichts antun, solange du als Gast in seines Onkels Haus lebst."

Verblüfft starrte Jakob sie an. „Du siehst die Dinge so klar."

Lea griff nach ihrem Kind. Es schien, als gäbe es ihr Stärke, statt Kräfte von ihr zu fordern. „Aber da ist noch etwas, das du niemals vergessen darfst."

„Was meinst du?"

„Gott ist bei dir! Vergiß es nicht: Du bist der Erbe der Verheißung."

Jakob seufzte. „Ich vergesse es manchmal. Wir sind so weit von Kanaan entfernt, hier in Haran. Glaubst du, daß Gott dort geblieben ist – bei Esau?"

„Nein, Jakob. Das darfst du niemals denken. Sieh doch, was Gott in deinem Leben für dich getan hat!"

Das war nun allerdings nicht zu übersehen. Es war schon fast unglaublich, mit welchem Erfolg Jakob in den letzten zwei Jahren seine eigenen Herden herangezogen hatte. Nachdem in diesem Jahr die Lämmer zur Welt gekommen waren, gab es weit mehr Schafe und Ziegen mit schwarzen und weißen Flecken als reinweiße Schafe und schwarze Ziegen. Nur noch ein Jahr oder höchstens zwei, dann würde Jakobs Reichtum selbst den seines Onkels Laban übertreffen. Wenn Laban starb und man seinen Besitz unter seine fünf Söhne und seinen Schwiegersohn aufteilte, würde Jakob der wohlhabendste Mann im ganzen Land sein.

„Du hast recht, Lea", sagte Jakob weich. „Du hast eigentlich immer recht. Ich fühle mich schon besser. Ich will nicht noch einmal vergessen, daß ich der Erbe der Verheißung bin. Ich danke dir, Lea."

„Gott ist so gut", murmelte Lea. Und sie meinte es aus tiefstem Herzen. Jakobs Gott war auch ihr Gott.

Lea war froh darüber, daß Rahels monatliches Unwohlsein und ihr eigenes niemals zusammentrafen, wie es sonst bei Frauen, die nahe beieinander wohnen, so häufig der Fall war. So konnte Jakob seine monatlichen Besuche in Leas Zelt wieder aufnehmen, wenn Rahel „unrein" war. Außerdem hoffte er auch, Lea würde ihm noch mehr Söhne schenken. Und das tat sie. Lea gebar ein weiteres Kind, dem sie den Namen Sebulon gab. Dieser Name war treffend gewählt, denn er bedeutet: „Gute Gaben".

Dann wurde Lea, die offenbar doch noch nicht über die Zeit hinaus war, in der sie Kinder gebären konnte, wieder schwanger. Jakob hatte jetzt zehn Söhne, sechs davon hatte ihm Lea geboren. Und alle seine Kinder waren Söhne. Dennoch wußte Lea um den Schmerz tief in seinem Inneren, daß nicht ein einziger seiner Söhne von Rahel geboren worden war.

Diesmal schenkte Lea einem Mädchen das Leben. Sie nannte sie Dina, ein Name ohne tiefergehende Bedeutung. Jakob nahm die Geburt eines Mädchens als Zeichen Gottes, daß Lea keine weiteren Kinder mehr bekommen würde.

Und dann verkündete eines Tages Rahel, sie sei schwanger. Rahel strahlte vor Glück, und Jakob geriet außer sich vor Freude. Immer und immer wieder berichtete er Lea, daß Gott nun endlich Rahels Leib gesegnet habe. Vielleicht würde sie noch viele Kinder bekommen! Wenn jetzt Rahel für Nachkommenschaft sorgte, brauchte ihm Lea keine weiteren Söhne mehr zu schenken. Er würde also seine nächtlichen Besuche in ihrem Zelt einstellen. Jakob dachte tatsächlich, seine Worte würden Lea erleichtern. –

Wie wenig er sie kannte!

Als die Zeit der Geburt heranrückte, kam in den Zelten, die zu Jakobs Haushalt gehörten, große Freude auf. Aber die Freude schlug bald in Angst und Sorge um. Die Geburt ihres ersten

Kindes erwies sich für Rahel als sehr schwer. Zwei Tage und zwei Nächte lang hörte man sie schreien. Lea und die Mägde Silpa und Bilha wichen nicht von ihrer Seite. Nach und nach wurden die Schreie schwächer. Jakob, der Rahels Zelt nicht betreten durfte, hielt draußen verzweiflungsvoll Wache.

Kurz nach dem Mittag des dritten Tages trat Lea aus dem Zelt und rief ihrem Ehemann zu:

„Du hast wieder einen Sohn, Jakob!"

Er lief ihr entgegen, schlug voller Freude in die Hände. „Und Rahel? Wie geht es Rahel?"

„Sie ist noch sehr schwach. Aber in ein paar Tagen wird es ihr wieder gutgehen. Bis dahin werde ich das Kind mit meiner Milch nähren – bis Rahel wieder zu Kräften kommt."

„Darf ich sie sehen?"

„Nur für einen kurzen Moment. Sie ist sehr elend. Bitte lege das Kind jetzt nicht auf ihre Knie. Sie kann es noch nicht halten."

Lea blieb im Zelteingang stehen, als Jakob neben Rahels Bett niederkniete. Die Magd Bilha stand mit dem Neugeborenen auf dem Arm ein wenig abseits.

„Rahel", flüsterte Jakob, „wie geht es dir?"

„Mir ... geht es gut."

„Ich komme später wieder, wenn du zu Kräften gekommen bist. Dann werde ich das Kind auf deine Knie legen."

„Nein!" keuchte Rahel. Sie sammelte Kraft für einen weiteren Satz. „Du legst das Kind jetzt auf meine Knie!"

„Aber du bist doch noch so schwach. Vielleicht morgen ..."

„Jetzt!"

Rahels Stimme war kaum mehr als ein Hauch. Und doch lag in ihren Worten ein unmißverständlicher Befehl. Jakob nahm das Neugeborene aus Bilhas Armen und hielt es vorsichtig auf Rahels Knie. Normalerweise hätte sich Rahel zu dieser Zeremonie aufgesetzt und ihr Kind in den Armen gehabt. Aber sie lag kraftlos auf ihrem Lager, und Jakob mußte das Kind selbst halten. Es berührte kaum Rahels Knie.

Jakob schien es eilig zu haben, die Zeremonie zu beenden. „Wie soll der Junge heißen?" fragte er.

„Er soll Josef heißen", flüsterte Rahel.

Lea hielt den Atem an. Josef, das hieß: „Noch einer!" Die einzig mögliche Erklärung für diesen Namen konnte nur sein, daß Rahel sich noch einen Sohn wünschte. Unglaublich nach dem, was sie eben durchgestanden hatte.

Jakobs Stimme klang beruhigend. „Er soll Josef heißen. Jetzt versuche zu schlafen. Alles wird gut werden."

Er reichte Bilha den Säugling und erhob sich. Auch er fühlte sich nach den Ereignissen der vergangenen Tage erschöpft und müde.

Als er das Zelt verließ, folgte ihm Lea. „Geh ein Stück mit mir, Jakob," bat sie. Sie mußte ihm etwas erzählen. Etwas Wichtiges. „Nimm mich mit zur Wassertränke."

„Es wird bald regnen. Wir können nicht lange bleiben."

„Aber es ist sehr wichtig."

„Ich weiß", entgegnete Jakob und nahm Leas Arm. „Dich beschäftigt der Name von Rahels Sohn."

„Ja, auch wenn ich nicht gerade überrascht bin. Sie will noch einen Sohn und noch einen und noch einen ... Ihr Wunsch nach Kindern ist stärker als die Angst vor den Gefahren einer Geburt."

„Aber warum?" fragte Jakob.

„Ist das nicht klar? Rahel liegt mit mir im Wettstreit. Sie besitzt deine Liebe, ich habe deine Kinder. Nun hat auch sie ein Kind von dir. Aber sie will noch mehr."

„Ich weiß um euern Kampf. Aber ich habe dem nie so viel Bedeutung beigemessen. Meint sie es wirklich ernst damit? Und du?"

Lea wußte, daß sie Jakob nicht belügen konnte, deshalb überhörte sie die Frage. „Für Rahel", sagte sie langsam, „ist es ein Glaubensstreit."

„Es ist – was?"

„Sie sieht darin einen Kampf zwischen unserem Gott und dem Hausgott meines Vaters. Bis jetzt hat sich unser Gott als stärker erwiesen, weil ich dir viele Söhne geschenkt habe. Aber jetzt zeigt der Hausgott seine Kraft. Wußtest du, daß sie seine beiden Götterbilder während der Geburt in ihrem Zelt haben wollte, je einen rechts und links von ihrem Lager?"

Verständnislos fragte Jakob: „Welchen Sinn sollte das haben?"

„Überhaupt keinen! Du weißt das, und ich weiß es auch. Aber Rahel glaubt fest daran. Der einzige Grund, weshalb du die Götterbilder nicht gesehen hast, ist der, daß mein Vater sich weigerte, sie Rahel zu geben. Er war sogar sehr zornig, daß Rahel ihn überhaupt darum gebeten hatte."

„Aber er hat sich noch niemals vorher geweigert. Ich habe die Götzen viele Male in Rahels Zelt gesehen. Manchmal stellt Rahel sie sogar neben das Bett, wenn wir ... zusammen schlafen."

Lea sah zu Boden. Aber Jakob kümmerte sich nicht um ihre Qual.

„Lea, du hast gesagt, Laban sei zornig gewesen, als Rahel ihn vor Josefs Geburt um die Hausgötter bat. Ist er schon früher einmal auf Rahel böse gewesen?"

„Ja! Und auch auf mich. Im letzten Jahr ist es uns besonders aufgefallen."

„Das wundert mich nicht!" Jakob sagte es voller Überzeugung. Sie waren an der Wasserquelle angekommen und ließen sich im Gras nieder. Ein gewohntes Bild. Denn sie kamen oft hierher, um miteinander zu reden. Die Söhne, die Knechte und die Mägde achteten diese Zusammenkünfte und ließen sie allein.

Lea sah zu Jakob auf. „Du hast sicherlich bemerkt, daß mein Vater sich verändert hat, nicht wahr?"

Jakob nickte. „Ja! Und deine Brüder zeigen sich regelrecht feindselig. Gerade in der vorigen Woche ist einer von ihnen mit Rubens Herde bei der Oase im Norden zusammengestoßen. Wenn es jemand anders als Ruben gewesen wäre, hätte es sehr leicht zum Kampf kommen können. Aber Ruben zog sich zurück. Und dann haben deine Brüder mehrere Male nicht auf unsere Herden gewartet, nachdem sie den Brunnen im Osten geöffnet und Wasser geschöpft hatten. So etwas hat es früher nicht gegeben."

Lea seufzte. „Sie sind neidisch. Dein Reichtum macht ihnen

zu schaffen. Und mein Vater denkt genau wie Rahel, daß sein Hausgott und dein Gott im Wettstreit miteinander stehen.“

„Was sollen wir tun, Lea?“

Es hatte eine Zeit gegeben, in der es Jakob der Stolz verboten hätte, Lea um Rat zu fragen. Aber das hatte sich im Laufe der Zeit geändert. Es erschien Jakob nun ganz natürlich, daß er sich an Lea wie an einen gleichberechtigten Partner wandte und ihren Rat suchte.

„Ich denke“, sagte Lea bedachtsam, „die Zeit ist gekommen, daß wir von hier fortziehen.“

„Fortziehen?“

„Bevor es zum Blutvergießen kommt.“

„Aber wohin sollen wir gehen?“

„Ins Land Kanaan, in deine alte Heimat. Du wolltest immer schon dorthin zurückkehren. Vielleicht ist jetzt der günstigste Zeitpunkt.“

„Aber mein Bruder ...“

„Ich weiß. Wir haben oft genug darüber gesprochen. Vielleicht ist er ein ganz anderer geworden.“

„Und sein Schwur?“

Lea zuckte mit den Schultern. „Nun, er besteht vielleicht noch. Aber hier können wir nicht bleiben. Wem willst du gegenübertreten – meinem Vater und meinen Brüdern oder deinem eigenen Bruder?“

„Ich kann mir nicht vorstellen, daß dein Vater uns alle tötet. Esau könnte es tun.“

„Nein.“ Lea sagte es ganz ruhig, aber mit tiefer Überzeugung. „Kein Leid wird dem Erben der Verheißung widerfahren.“

Der Himmel hatte sich verdunkelt. Bald würde es zu regnen beginnen. Lea spürte es an der Luft. Jakob nahm ihren Arm, und langsam wanderten sie zurück in Richtung ihrer Zelte.

„Wir werden fortziehen.“ Jetzt, wo sein Entschluß feststand, würde er seine Pläne mit aller Kraft vorantreiben. „Wir können in zwei Wochen aufbrechen“, erklärte er Lea. „Zu der Zeit sind Laban und deine Brüder mit der Schafschur beschäftigt. Wir können heimlich verschwinden, und es wird drei Tage dauern, bis Laban überhaupt merkt, daß wir fort sind."

„Aber was ist mit deinen Schafen? Sie müssen zuerst geschoren werden. Sie können nicht mit ihrer schweren Wolle auf eine solch weite Reise gehen."

„Wir müssen sie zuerst scheren. Ich werde unseren Söhnen sagen, daß sie sofort mit der Schafschur beginnen. Das wird uns zumindest von den Oasen fernhalten, wo sie auf Labans Söhne treffen könnten."

Jakob beschleunigte seinen Schritt, entweder vor Aufregung über die bevorstehende Wende in seinem Leben oder auch nur, weil gleich der Regen einsetzen würde. Lea spürte die ersten Tropfen.

„Es wird eine Unmenge Arbeit geben. Ich werde dafür sorgen, daß alle Vorbereitungen in unserem Haushalt getroffen werden. Du kümmerst dich um die Dinge auf dem Feld. Wir werden auch einige Kamele brauchen." Auf ihnen würden die Frauen und die kleinen Kinder reiten.

Leas Worte erinnerten Jakob an etwas anderes. „Was ist mit Rahel? Wird sie in zwei Wochen in der Lage sein, mit uns zu ziehen?"

„Das wird sie. Sie ist stark und gesund. Alles, was sie braucht, ist ein paar Tage Ruhe. Aber es wäre besser, du würdest ihr erklären, daß wir fortziehen wollen. Von dir nimmt sie das eher an als von mir."

Rahel würde es bestimmt nur schwer ertragen können, ihren Hausgott zurückzulassen. Aber sie würde es müssen. Sie würde ihrem Ehemann gehorchen.

Gerade als Lea und Jakob das Zelt erreichten, begann der Regen zu strömen. Im Zeltinnern schrie Dina, das Baby. Es hatte Hunger.

„In deinem Zelt weint ein Baby", sagte er lächelnd. „Ein Mädchen. Ich erkenne einen Jungen an seiner Stimme. Ich komme nicht mit hinein."

„Du kommst überhaupt nicht mehr oft hinein, Jakob. Nur weil sie ein Mädchen ist?"

„Du kennst meine Vorliebe für Jungen. Für Söhne. Was soll ich mit einem Mädchen anfangen? Später, wenn Dina älter ist, können wir einen geeigneten Ehemann für sie suchen. Dann wird sie auch etwas wert sein."

Was für schreckliche Worte, dachte Lea, als Jakob sie verließ und in Richtung von Rahels Zelt davonschritt. Dort fühlte er sich mehr zu Hause. Obwohl Rahel noch zu Bett lag, gab es doch einen kleinen Jungen in ihrem Zelt.

Aber nicht nur deshalb fühlte er sich dort wohl. Es ging auch um Rahel. Seine Liebe zu ihr ... Lea unterdrückte den Gedanken und fand Trost bei dem Kind, das an ihrer Brust trank. Ihr kleines Mädchen. Ihr einziges Mädchen. Ihr letztes Kind.

Trauer und Freude – beides erfüllte sie bei diesem Gedanken.

6

In der Oase im Westen sollte sich die Familie vor ihrem Auszug aus Haran versammeln. So hatte es Jakob bestimmt. Hier gab es die größte Wasserstelle. Sie konnten natürlich nicht lange dort bleiben. Für derart große Herden, dazu noch die Kamele, Esel und all die anderen Tiere würde auch diese Wasserstelle nur kurze Zeit ausreichen.

Lea hatte alle Vorbereitungen in ihrem Haushalt überwacht. Rahel ging es von Tag zu Tag besser, so daß die Reise für sie ohne Schwierigkeiten möglich schien. Sie hatten zwei kleine Kinder auf die Reise mitzunehmen. Dina würde Lea selbst tragen, während Rahel und Bilha sich beim Tragen des kleinen Josef abwechseln wollten. Issachar und Sebulon, obwohl erst zwei und drei Jahre alt, würden gemeinsam auf einem Kamel reiten. Für sie ein Spaß.

Wenn sie doch nur schon die Oase im Westen sehen könnte. Lea war noch nie dort gewesen, aber sie wußte, daß gerade diese

Oase sehr groß sein mußte. Sie bat die Magd Silpa, ihr die Gegend zu beschreiben. Viele Schafe, viele Ziegen, viele – was auch immer –, Silpa konnte einfach keine genaue Beschreibung geben. Dennoch gewann Lea eine Vorstellung von der Landschaft, und in Gedanken malte sie sich die Szene aus. Hunderte von Tieren, das Blöken der Schafe, das Meckern der Ziegen, das Schreien der Esel und Kamele – das alles vereinte sich für Lea zu einem grandiosen Durcheinander von Tönen, Gekreisch und Lauten, dazu dann noch Silpas verwirrte Schilderung.

„Schwarze Schafe! Weiße Ziegen! Gefleckte! Viele mit Ringen und Streifen!" Silpa warf ihre Hände in die Höhe. „Wir werden alle bald umkommen!"

Lea lachte. Silpa glaubte natürlich an die in Haran gepflegten Überlieferungen, wonach gefleckte Tiere schwächlich sind und Unglück bringen.

Als letzter traf Jakob mit den Kamelen ein. Ohne sich durch irgend etwas aufhalten zu lassen, ging er zu seinen beiden Ehefrauen. Seine Hauptsorge galt Rahels Gesundheit. Wie erleichtert war er, sie gekräftigt und guter Dinge vorzufinden. Dann wandte er sich an Lea.

„Wir müssen so schnell wie möglich aufbrechen. Laban hegt bis jetzt keinen Verdacht. Er ist zu beschäftigt mit seiner Schafschur. Vermutlich haben wir drei Tage zur Verfügung, bevor er entdeckt, daß wir nicht mehr da sind. Glaubst du, er wird versuchen, uns zu verfolgen?"

„Nein!" Leas Antwort klang entschieden. „Nicht nach drei Tagen. Das ist ihm die Sache nicht wert. Er würde keine weite Reise unternehmen, nur um seinen Töchtern Lebewohl zu sagen. Ich glaube sogar, er wird froh sein, daß wir gegangen sind."

„Aber wird er nicht denken, wir hätten ihm alles gestohlen? Ist es bei deinen Leuten nicht Sitte zu glauben, daß alles – das Vieh, die Schafherden und sogar die Töchter und Enkel – dem Patriarchen der Sippe gehört?"

„Das stimmt, Jakob", entgegnete Lea. „Aber glaubst du wirklich, daß er Wert darauf legt, all diese Tiere mit ihren Flecken und Streifen zurückzubekommen? Er ist froh, daß er sie los ist.

Und dich – und deinen Gott dazu. Nun kann sein Hausgott wieder ungehindert sein Werk tun."

„Ich hoffe, du hast recht, Lea." Etwas ungläubig schüttelte Jakob den Kopf und entschied dann, daß man nun langsam aufbrechen müsse. Er half Lea auf ihr Reittier und beauftragte einen seiner Söhne, das Kamel zu führen. Dann half er Rahel, ihr Kamel zu besteigen, und reichte ihr den kleinen Josef hinauf.

„Wenn du dich schwach oder müde fühlen solltest", ermahnte er sie, „mußt du Bilha rufen, damit sie das Baby nimmt. Ich will nicht, daß unserem Sohn etwas zustößt."

Lea entging nicht der triumphierende Ton in Rahels Stimme, als sie Jakobs Worte „unser Sohn" wiederholte. Es ist unvermeidlich, beruhigte sie sich selbst: Josef, der jüngste von Jakobs Söhnen, wird immer dessen Lieblingssohn sein.

Die Reise war lang und beschwerlich, aber sie verlief ohne besondere Ereignisse. Nachdem sie eine Woche unterwegs waren, hörte Jakob auf, sich darüber zu sorgen, daß Laban sie verfolgen könnte. Wie sehr er sich darauf freute, wieder das Gebirge zu sehen! Viel zu lange hatte er in Wüstengebieten gelebt.

Nachts machte die Karawane an Plätzen Rast, die bei einem Angriff gut verteidigt werden konnten. Jakob war so umsichtig, Wachen um das Lager herum aufzustellen. Er befahl ihnen, in der Dunkelheit besonders gut achtzugeben. Doch nichts geschah.

Allmählich erreichte die Karawane das hügelige Land von Gilead, eine Gegend, die Jakob sehr vertraut war. Er ging in Leas Zelt. Dort war Lea gerade damit beschäftigt, die Sachen für die Übernachtung auszupacken.

„Ich erinnere mich gut an diesen Ort", sagte er nachdenklich. „Vor zwanzig Jahren war ich an genau dieser Stelle. Morgen können wir in einem großen Tal rasten, etwa drei Tagereisen vom Jordan entfernt. Ich nannte es damals Mahanajim."

„Mahanajim? Doppellager? Dann muß es ein sehr großer Platz sein."

Jakob nickte. „Dort können wir uns eine Zeitlang versorgen. Und wir können überlegen, was wir mit Esau tun wollen ..."

„Vater! Mutter!" Laut rufend stürzte ihnen Ruben entgegen. „Da kommt irgend jemand. Seht nur! Dort im Osten!"

Lea sah, daß Jakob nach Luft rang. „Was hast du?" fragte sie ihn.

„Das kann nur Laban sein!" stieß Jakob mit gepreßter Stimme hervor.

„Laban? Ist er allein?"

„Nein, Mutter", berichtete Ruben aufgeregt. „Mindestens fünfzig Männer sind bei ihm – alle bewaffnet! Was sollen wir tun?"

„Er wird uns alle umbringen!" Jakob konnte seine Angst nicht länger verbergen. „Wir können bestimmt nicht ... o Lea, was sollen wir nur machen?"

Lea fühlte gleichfalls Panik in sich aufsteigen. Aber ihr Mann und ihr Sohn hatten sie um Rat und Hilfe gebeten. Lea holte tief Luft. Jetzt war ruhiges und sachliches Denken erforderlich.

„Wir haben nichts zu befürchten, Jakob", versicherte sie. Lea wünschte, sie wäre sich dessen so sicher, wie ihre Stimme es verheißen hatte. „Es wird uns kein Leid widerfahren. Denk doch nur daran: Du bist der Erbe der Verheißung."

Jakob nickte zustimmend, wobei sich Lea nicht ganz klar darüber war, ob seine wiedergewonnene Selbstbeherrschung auf ihre Erinnerung an den Schutz Gottes zurückzuführen war oder auf ihre eigene augenfällige Ruhe.

„Glaubst du, daß er uns angreifen wird?" überlegte Jakob.

„Nein, ich denke, er wird es nicht tun. Mein Vater hat seit jeher Angst vor deinem Gott gehabt. Wahrscheinlich wird er zuerst mit dir sprechen wollen. Du weißt, wie raffiniert er ist. So glaubte er fest daran, Vorteile herauszuschlagen, wenn er erst einmal den Leuten nach dem Munde redet."

„Aber was will er von uns? Doch sicher nicht unsere buntgescheckten Schafherden und Ziegen!"

„Nein", bestätigte Lea. „Ich habe allerdings keine Ahnung, was er mit uns vorhat. Du wirst mit ihm reden müssen. Aber sei vorsichtig! Er wird versuchen, dich zu überlisten."

„Mutter", rief Ruben, „sie lagern dort drüben auf dem Berg. Und von dort aus greifen sie uns nicht sofort an!"

„Sie werden uns überhaupt nicht angreifen, mein Sohn", entgegnete Lea und wünschte sich, mit derselben Überzeugungskraft auch sich selbst überzeugen zu können.

Langsam verschwand im Westen die Sonne am Horizont. Laban und seine fünf Söhne verließen ihre Lagerstelle und liefen ins Tal. Dann kletterten sie auf die andere Seite des Berges und bewegten sich in Richtung des Lagers Jakobs. Jakob lief eilig in Leas Zelt und rief ihr zu, daß ihr Vater und ihre Brüder auf dem Wege zur Oase seien.

Schon hörte Lea die Stimme ihres Vaters. Laban hatte offensichtlich auf halber Höhe des Berges Halt gemacht und forderte nun Jakob mit lauter Stimme auf, herauszukommen und mit ihm zu reden.

„Geh zu ihm, Jakob", bat Lea. „Aber nimm nur unsere fünf ältesten Söhne mit. Und schicke Naftali zu mir." Naftali war Jakobs sechster Sohn.

„Warum darf ich nicht mitgehen?" fragte Naftali verärgert, als er eilig in Leas Zelt gelaufen kam. „Ich kann genauso kämpfen wie Dan!"

„Sie werden nicht kämpfen, mein Junge. Sie werden mit Großvater sprechen. Und deinen Vater dürfen nur soviel Söhne begleiten wie auch Laban hat."

„Aber was soll ich denn tun?"

„Geh mit mir zum Berg, damit wir hören können, was da passiert."

Naftali gehorchte, und so bahnten sich beide ihren Weg durch eine Schafherde. Schon bald hatten sie den Bergrand erreicht. Lea spürte die kühle Abendluft auf ihrem Gesicht.

Alles war ruhig.

„Was machen sie gerade, Naftali?" fragte Lea aufgeregt ihren Sohn.

„Nichts!" flüsterte der Junge. „Sie stehen nur da und schauen sich an!"

Lea nickte. Jakob würde nun seine ganze Klugheit brauchen. Offensichtlich wartete er ab, bis sich Laban, der Angreifer, zu Wort meldete.

Und in der Tat brach Laban zuerst das Schweigen.

„Was hast du dir dabei gedacht, heimlich bei Nacht und Nebel zu verschwinden?" herrschte er Jakob an. „Sind meine Töchter Gefangene, die du im Kampf erbeutet hast, daß du sie mit solcher Eile entführst? Warum durfte ich nicht einmal ein Abschiedsfest für sie veranstalten – mit Tanz und Gesang? Warum durfte ich meinen Enkelkindern nicht Lebewohl sagen? Du hattest kein Recht, dich ohne ein Wort davonzuschleichen!"

Labans Worte klangen ungehalten, aber auch traurig, fast wehmütig. Jakob antwortete mit fester Stimme, sehr selbstsicher.

„Hättest du mich denn ziehen lassen, wenn ich dich um die Erlaubnis gebeten hätte?" fragte er. „Hättest du mir meine Frauen und meine Kinder überlassen, dazu meinen gesamten Besitz?"

Lea nickte zustimmend. Genau so mußte Jakob mit ihrem Vater sprechen. Und wie geschickt von ihm, Zeit zu gewinnen!

In Labans Antwort war die Drohung nicht zu überhören. „Ich könnte dich jetzt töten, aber ich werde es nicht tun. Ich will nicht gegen deinen Gott und meinen Gott kämpfen!"

Was wollte Laban damit sagen? Es war Jakob ebenso unverständlich wie Lea.

„Was meinst du damit? Gegen meinen Gott und deinen Gott kämpfen ..."

„Nun, es hat dir offensichtlich nicht genügt, meine Töchter, meine Enkel und meine Herden zu stehlen!" donnerte Laban jetzt los. „Du mußtest auch noch meinen Hausgott mitnehmen!"

Lea stockte der Atem. So war das also! Die Hausgötter waren nicht mehr bei Laban! Kein Wunder, daß er so außer sich war. Nun wußte sie auch, weshalb ihr Vater diese weite Reise auf sich genommen hatte; noch dazu in Begleitung von Kriegern. Seine Hausgötter! Sie bedeuteten ihm mit Sicherheit mehr als seine Töchter, seine Enkel und der gesamte Viehbestand.

„Ich habe deinen Hausgott nicht gestohlen", entgegnete Jakob ruhig. „Fluch über den, der es getan hat! Er soll sterben! Komm her und sieh selbst. Du und deine Söhne – durchsucht mein Lager. Schaut bei den Schafen und Ziegen nach. Sucht in jedem Zelt, unter jeder Satteltasche. Wenn du irgend etwas findest, das dir gehört – nimm es sofort wieder an dich. Aber der Dieb muß sterben. Das schwöre ich vor dem Angesicht Gottes und in Gegenwart aller dieser Männer."

„So soll es sein!" Labans Stimme klang fest und entschlossen.

Naftali wisperte: „Sie kommen hier den Weg entlang!"

Lea hörte die Stimme ihres Vaters ganz in ihrer Nähe, als er seinen Söhnen Befehle erteilte. „Ihr nehmt die Herden und die Knechte und Mägde! Achtet darauf, ob ihr reinweiße Schafe oder schwarze Ziegen in den Herden findet. Und durchsucht das Gepäck der Hirten. Ich werde mir die Zelte vornehmen."

Jakob wiederum gab seinen Söhnen die Anweisung: „Befehlt allen Leuten im Lager, daß sie Laban und seinen Söhnen freien Zugang gewähren. Sollten sie irgend etwas finden, das Laban gehört, bringt den zu mir, der es gestohlen hat!"

Lea begann plötzlich zu zittern.

„Was hast du, Mutter Lea?" fragte Naftali erstaunt. „Geht es dir nicht gut?"

Lea holte tief Luft, versuchte angestrengt, ruhig zu bleiben. „Führe mich in das Zelt deiner Mutter. Schnell!"

Naftalis Mutter war Rahel. Obwohl ihn die Magd Bilha geboren hatte, betrachtete er sich – wie jedermann – als Rahels Sohn.

Während sie sich in höchster Eile – mitten durch eine Ziegenherde – ihren Weg zu Rahels Zelt bahnten, überlegte Lea fieberhaft. Was hatte sich ihre Schwester nur dabei gedacht, den Hausgott zu stehlen!? Wußte sie denn wirklich nicht, was sie da angerichtet hatte? Sie spielte mit dem Leben jedes einzelnen in ihrer Familie!

Doch das schien ihr das Wagnis wert gewesen zu sein. Der Hausgott bedeutete ihr alles, verband sie damit doch ihre Position in der Familie; darüber, was Jakob das „Erstgeburtsrecht" nannte – das Recht des ältesten Sohnes, die Führung in der Familie zu übernehmen. Rahel glaubte anscheinend, daß es ihr mit Hilfe des Hausgottes gelingen würde, ihren Sohn Josef nach Jakobs Tod als den Führer des Familienverbandes einzusetzen. Vielleicht würden ihr auch die Götter ihres Vaters in dem niemals endenden Kampf gegen Lea noch mehr Kinder schenken.

„Mutter Lea!" flüsterte Naftali. „Laban kommt hierher!"

Das Knirschen seiner Sandalen auf dem steinigen Boden klang bedrohlich, als er Leas Zelt verließ und – ohne ein Wort zu sagen – an ihnen vorüberhastete. Zornig öffnete er den Eingang zu Rahels Zelt.

Da kam Jakob auf sie zugelaufen. „Hat er irgend etwas gefunden?" fragte er angstvoll.

Lea schüttelte den Kopf. Lauschend standen sie nun beide vor Rahels Zelt; bemüht, etwas von dem zu verstehen, was darin geschah.

„Sei gegrüßt, Vater!" Rahels Stimme klang unbeschwert und fröhlich. Lea sah sie direkt vor sich – die Grübchen in ihren Wangen und das strahlende Lächeln, mit dem Rahel den Vater begrüßte. „Es ist schön, dich wiederzusehen!"

Laban sprach kein Wort. Vielmehr begann er, das Zelt mehr als gründlich zu durchsuchen.

„Es ist gut, dich hier im Zelt zu haben, Vater", bemerkte Rahel unverändert freudig. „Bitte verzeih mir, daß ich nicht aufstehe, aber mir geht es im Moment nach der Frauen Weise."

Laban zögerte, erwiderte aber nichts. Immer eiliger suchte er – so als habe er den Wunsch, das Zelt so bald wie möglich wieder zu verlassen. Lea wußte genau, daß er sich nicht gern in der Nähe einer Frau aufhielt, die von ihrem monatlichen Unwohlsein befallen war.

Lea konnte vom Zelteingang her alles hören. Und sie wußte, daß Rahel log. Sie hatte nicht ihr monatliches Unwohlsein. Warum also behauptete sie das? Plötzlich begriff Lea.

„Wo sitzt deine Mutter?" fragte sie Naftali leise.

„Auf der Satteltasche", antwortete er, verwirrt durch Leas ungewöhnliche Frage.

Da also war der verlorengegangene Hausgott! Niemals würde Laban dort nachsehen. Schon gar nicht jetzt, wo Rahel während ihrer unreinen Zeit darauf saß.

Laban, der während der ganzen Zeit kein Wort gesprochen

hatte, trat ins Freie, stürmte an Jakob und Lea vorbei. Einer seiner Söhne kam auf ihn zugelaufen.

„Wir haben nichts gefunden, Vater!" rief er atemlos.

Laban hielt inne und wandte sich an Jakob. Doch bevor er etwas sagen konnte, ging Jakob ein paar Schritte auf ihn zu.

„Du hattest gar nicht erwartet, die Hausgötter bei uns zu finden, nicht wahr? Hast du wirklich gedacht, ich sei ein Dieb? Zeige es mir, wenn du etwas entdeckt hast, das dir gehört!"

Lea war klar, was hinter diesem plötzlichen Angriff ihres Mannes steckte. Schließlich wußte Jakob genau, was Laban mit den Hausgöttern verband und wie hilflos er sich jetzt ohne sie fühlen mußte. Das war nun die Gelegenheit, seinen eigenen Gefühlen freien Lauf zu lassen und zudem Laban in die Defensive zu drängen.

Doch Jakob war mit seiner heftigen Anklage noch nicht am Ende. „Zwanzig Jahre! Haben sie dir überhaupt nichts bedeutet? Ich habe dir treu gedient. Vierzehn Jahre habe ich für deine Töchter gearbeitet! Nur die letzten sechs Jahre für mich selbst. Während der ganzen Zeit habe ich mich immer und ohne jede Einschränkung aufrichtig dir gegenüber verhalten. Nichts als den vereinbarten Lohn habe ich von dir genommen! Deine Schafherden habe ich vergrößert! Und das alles mit der Hilfe meines Gottes ..."

Jakob hielt inne und holte tief Atem, bevor er regelrecht herausschrie: „Mit der Hilfe des großen Gottes meines Großvaters Abraham, durch den ehrfurchtgebietenden Gott meines Vaters Isaak! Mit dem Beistand des allmächtigen Gottes habe ich dir zwanzig Jahre lang treu gedient!"

Laban sah ihn hilflos an. „Ja, Jakob, das hast du getan. Du mußt mir verzeihen! Ich habe wirklich nichts Böses vorgehabt. Wie könnte ich meinen Töchtern und Enkelkindern etwas antun?"

Lea lächelte vor sich hin. Nicht ohne deine Hausgötter, dachte sie und fühlte den Druck von sich weichen.

Jetzt trat Laban den Rückzug an. „Es ist spät! Sieh, die Sonne ist bereits untergegangen. Wir müssen beide etwas essen und uns ausruhen. Vielleicht können wir ja morgen weitersprechen."

„Was gibt es da noch viel zu besprechen?" wunderte sich Jakob.

„Morgen werden wir zwei einen Bund schließen. Wir werden Gott eine Säule errichten – zum Gedenken an unsere Freundschaft."

Jakob schwieg einen Moment, dann antwortete er: „Damit bin ich einverstanden! Also morgen! Nur du und deine Söhne. Deine Krieger bleiben in deinem Lager."

Laban nickte – er war einverstanden.

Dunkelheit senkte sich auf das Lager. Die Feuer, auf denen sie ihr Essen hatten zubereiten wollen, waren niedergebrannt. Keiner hatte in den letzten Stunden so etwas wie Hunger gespürt, so aufgeregt waren sie alle gewesen. Lea spürte die Erleichterung, die jetzt alle erfüllte. Mit Sicherheit hatte auch jeder bemerkt, daß Jakob aus dieser Auseinandersetzung mit Laban als Sieger hervorgegangen war. Ob der morgige Tag weitere Siege für sie bringen würde?

Lea war sich dessen nicht so sicher. Sie wußte, wie listig ihr Vater seine Pläne zu verwirklichen verstand. Was wollte er wirklich?

„Bring mich in mein Zelt!" bat sie auf einmal Naftali.

„Laß nur, das mache ich!" Plötzlich stand Jakob an ihrer Seite. „Ich bringe Lea heim."

Er ergriff ihren Arm und führte sie zu ihrem Zelt. „Ich möchte mit dir reden."

Lea nickte. Sie war stolz auf ihren Ehemann und darauf, wie er heute alle Schwierigkeiten gemeistert hatte. Und genau das würde sie ihm auch sagen. Und – gemeinsam würden sie für morgen einen Plan aushecken.

Lea lächelte. Diese Nacht würde Jakob nicht in Rahels Zelt verbringen! Wie konnte er auch – wo doch Rahel ihre unreine Zeit hatte. Schließlich hatte er es selbst gehört.

7

„Lea, was hat dein Vater jetzt noch vor?"

Jakob beugte sich zu ihr. Von draußen drang der appetitanregende Duft der auf dem Feuer brutzelnden Speisen ins Zelt. Ganz offensichtlich gingen alle davon aus, sich auf einen längeren Aufenthalt im Lager einrichten zu müssen.

Lea ließ sich neben Jakob auf dem Teppich nieder. Neben ihr lag friedlich schlafend das Baby Dina.

Lea sah ihren Mann sehr ernst an. „Ich glaube, er will deinen Gott haben."

„Was sagst du da?" Ungläubig starrte Jakob auf seine Frau. Dann überzog ein Lächeln sein Gesicht. „Natürlich! Das muß es sein! Dabei wüßte ich wirklich gern, was mit seinem Hausgott passiert ist."

Hoffentlich wirst du das niemals herausfinden, dachte Lea. Laut sagte sie: „Laban denkt wahrscheinlich, daß dein Gott sie zerstört hat. Du weißt doch, was er von ihm hält. Er muß annehmen, Gott habe tatsächlich die Macht, nach Haran zu kommen – in die Heimat der Hausgötter – und sie zu vernichten."

„Und damit hätte er nicht einmal unrecht", rief Jakob. „Diese leblosen Holzfiguren, von denen er annimmt, sie seien Götter, haben in diesen zwanzig Jahren nicht gerade viel für ihn getan."

„Und das ist auch der Grund, weshalb mein Vater deinen Gott haben will", erklärte Lea.

„Glaubt er denn wirklich, Gott sei eine Sache, ein Ding, das er nach Belieben kaufen oder gewaltsam an sich bringen oder sogar von mir stehlen kann?"

„Vielleicht ... Es entspricht jedenfalls seiner Einstellung den Hausgöttern gegenüber."

Jakob schwieg einen Moment. Schließlich sagte er: „Dann wird er morgen versuchen, mir meinen Gott fortzunehmen. Was also meinst du, wird er tun? Mir ein Angebot machen und Gott von mir kaufen wollen? Ihn mir mit Gewalt wegnehmen? Er sollte doch wissen, daß ich meinen Gott niemals verkaufen würde! Selbst dann nicht, wenn ich es könnte. Daß Gott es zudem auf keinen Fall zulassen wird, daß Laban uns besiegt, ganz gleich, wieviele Krieger er uns entgegenstellt. Was bleibt dann noch übrig? Verrat?"

Lea nickte. „Darin ist mein Vater groß. Warum nicht?"

Jakob mußte lachen. „Wenn das stimmt, brauchen wir uns keine Sorgen zu machen. Dein Vater muß eine ziemlich geringe Meinung von Gott haben, wenn er so etwas plant. Aber doch! Es ist genau die Art, wie er mit seinen Hausgöttern umspringen kann. Ich bin wirklich gespannt, was sich morgen ereignen wird."

„Nein! Bitte! Mache dich nicht lustig! Das Ganze ist bitterer Ernst, und es kann sogar gefährlich werden." Sanft berührte Lea die Hand ihres Mannes. „Du mußt vorsichtig sein, Jakob. Das alles kommt dir dumm und kindisch vor. Aber Laban sieht das anders. Denk daran, daß er in diesem Glauben erzogen wurde. Wenn er der Meinung ist, dein Gott habe dich verlassen und sei auf seine Seite gewechselt – kannst du dir vorstellen, was das bedeutet?"

Jakobs Gesicht wurde ernst. „Ja", sagte er langsam. „Dann muß ich morgen dafür sorgen, daß Laban nicht glaubt, mein Gott habe mich verlassen. Aber wie soll ich das anstellen?"

„Dir wird schon etwas einfallen." Zuversichtlich ergriff Lea Jakobs Hand. „Ich vertraue dir. Und unserem Gott."

Jakob hielt ihre Hand fest. „Danke, Lea", sagte er. „Jetzt fühle ich mich schon besser." Er erhob sich. „Es wird gut sein, wenn ich noch die Wachen überprüfe. Vielleicht sind sie ja inzwischen eingeschlafen." Er lächelte. „Nicht, daß es etwas ausmachen würde. Gott ist der einzige Schutz, den wir heute nacht brauchen werden."

„Kommst du noch zu mir zurück?" fragte Lea.

Jakob schüttelte den Kopf. „Dina wird bald aufwachen und

ihre Mahlzeit verlangen. Du weißt, wie ich mich in Gegenwart kleiner schreiender Mädchen fühle. Ich werde in Rahels Zelt zu Abend essen."

„Aber sie ist doch ..." Lea senkte den Blick. Beinahe hätte sie gesagt, es sei doch Rahels unreine Zeit. Aber sie wollte Jakob nicht belügen. Nicht einmal, wenn es um eine Liebesnacht mit ihm ging.

Jakob trat auf sie zu und legte seinen Arm um ihre Schultern. „Ich weiß Lea, und ich verstehe."

Zärtlich hob er ihr Kinn, so daß seine Augen direkt in die ihren sahen, wobei sich Lea verzweifelt bemühte, die Tränen zurückzuhalten.

„Wir haben so vieles gemeinsam", sagte er liebevoll. „Ich denke, du weißt, wieviel du mir bedeutest. Du hast mir viele Söhne geschenkt, und dein kluger Rat bedeutet mir unendlich viel. Was uns beide verbindet, ist etwas ganz Besonderes."

Nun war es doch um Leas Fassung geschehen. Weinend legte sie ihren Kopf an Jakobs Schulter. Er hob ihr Gesicht behutsam zu sich auf und küßte sie. „Friede sei mit dir, meine geliebte Frau." Mit einer letzten Umarmung verabschiedete er sich und verließ das Zelt.

Lea sank auf den Teppich. Hatte sie richtig gehört? Hatte ihr Jakob gerade wirklich seine Liebe erklärt? Oder waren es nur Worte der Dankbarkeit gewesen? Dankbarkeit für ihren Rat und ihre Teilnahme an seinen Schwierigkeiten, für die Söhne, für ihre Kameradschaft?

Tapfer bekannte sich Lea zu der Antwort. Obwohl Jakob davon ausgehen mußte, daß Rahel in ihrer unreinen Zeit war, wollte er die Nacht bei ihr verbringen. Vielleicht würde er sogar herausfinden, daß es gar nicht ihre unreine Zeit war. Würde er erraten, weshalb Rahel gelogen hatte? Oder würde sie Jakob wieder so bezaubern, daß er sich um die Wahrheit gar nicht scherte?

Leas Tränen flossen unaufhaltsam. Aufschluchzend barg sie den Kopf in ihren Händen.

Am nächsten Morgen bei Sonnenaufgang standen Jakob und seine Söhne am Rande des Hügels und beobachteten, was in dem Lager auf dem Berg vor sich ging. Lea stand mit ihrer kleinen Tochter auf dem Arm unmittelbar hinter ihnen. Und wieder war Naftali als ihr Beobachter bei ihr.

„Was machen sie jetzt, Junge?" fragte Lea.

„Ich weiß es nicht."

„Erzähle mir einfach, was du siehst."

„Ich sehe Laban und seine fünf Söhne. Sie machen irgend etwas mit Seilen und ..." Naftali starrte angestrengt hinüber. „Ich glaube, sie haben einen großen Klotz. Aber er ist furchtbar schwer. Vielleicht ein Stein. Ja, es ist ein großer Stein."

„Wie groß ist der Stein?"

Naftali zuckte mit den Schultern. „Ich weiß nicht! Vielleicht würde er mir bis zu meinem Gürtel reichen. Ich könnte ihn unmöglich mit meinen Armen umgreifen."

Lea versuchte, sich aus diesen dürftigen Schilderungen ein Bild von dem Geschehen auf dem Berg zu machen. Es gab viele solcher Steine in dieser Gegend. Wahrscheinlich war er glatt, zylindrisch geformt und an einem Ende umfangreicher als an dem anderen.

„Was machen sie mit dem Stein?" drängte Lea.

„Ich glaube, sie wollen ihn den Berg herunterrollen."

„Oh, jetzt begreife ich!" Lea hätte beinahe gelacht. Bildhaft sah sie alles vor sich: die fünf kräftigen jungen Männer und ihren bejahrten Vater – wie sie mit Stricken hantierten und sich anstrengten, den riesigen Stein heil den Berg herunterzubekommen. Aber wozu das Ganze?

Naftali zupfte Lea am Ärmel. „Laban steigt als erster den Berg hinunter. Er steht jetzt unten am Fuß des Hügels."

Lea konnte deutlich die Stimme ihres Vaters hören. Laut tönte es herüber: „Möge dein Gott dir einen guten Tag schenken, Jakob! Ich hoffe, du hast in der letzten Nacht gut geschlafen."

Jakob antwortete vorsichtig: „Ja, vielen Dank."

Einschmeichelnd nun Labans Stimme: „Ich hoffe, du hast nichts dagegen, wenn ich dich bitte, mit deinen fünf Söhnen in das Tal zwischen unseren Lagern zu kommen. Wie du sehen kannst, ist dieser Stein zu schwer, um ihn den Berg zu dir hinaufzuziehen. Wir könnten ihn hier unten aufstellen, nicht wahr?"

„Was hast du mit dem Stein vor, Laban? Soll er ein Zeichen der Freundschaft und des Friedens zwischen uns beiden sein?"

„Genau das! Wir wollen unsere Freundschaft besiegeln, indem wir beide auf dem Stein Gott ein Opfer darbringen."

Leas Gedanken überstürzten sich. Was hatte ihr Vater vor? Irgendwie würde er versuchen, Jakobs Gott von ihm weg in sein eigenes Lager zu locken. Meinte er wirklich, daß ein größeres, aufwendigeres Opfer Gott so sehr beeindrucken würde, daß er zu Laban überwechselte?

Jakob lachte auf. Ganz offensichtlich dachte er dasselbe wie sie. Sie mußte ihn warnen.

„Sei vorsichtig, Jakob!" flüsterte sie ihm zu. „Dir kommt das schon wieder komisch vor. Aber denke daran – für Laban ist es bitterer Ernst. Wenn er meint, deinen Gott von dir genommen zu haben, könnte er versuchen, uns alle umzubringen."

Jakob nickte, plötzlich ernüchtert. „Ich habe eine Idee!" Er wandte sich an seine fünf Söhne. „Jeder von euch sucht sich jetzt einen runden Stein – so groß, wie ihr ihn tragen könnt. Nehmt die Steine mit ins Tal hinunter."

Lea durchschaute den Plan. Sie bewunderte die Klugheit ihres Mannes und lächelte. Laban würde seinen Stein aufrichten, aber Jakob würde ihm zur Seite eine Pyramide aus Steinen aufbauen. Und weil die Pyramide aus vielen kleineren Steinen bestand, konnte er so viele daraufsetzen, wie er wollte. Und das bedeutete: Die Pyramide würde allemal höher werden als Labans Steinmal.

„Was machen sie jetzt?" erkundigte sich Lea bei Naftali.

„Die fünf Söhne Labans rammen den großen Stein in die Erde. Er sieht wie ein Tisch aus. Und daneben richten jetzt meine Brüder einen Steinhaufen auf. Sie suchen immer noch mehr Steine und schichten sie obendrauf."

„Wie weit sind sie voneinander entfernt?"

„Voneinander entfernt, Mutter Lea? Was meinst du damit?"

Geduld, ermahnte sich Lea. „Ich meine, Labans Stein und die Steinpyramide deines Vaters?"

„Ach so! Ungefähr zehn Schritte."

Dort unten herrschte Stille, und Lea konnte sich sehr gut vorstellen, was da geschah – die beiden Gruppen jeweils neben ihrem Altar und einander anstarrend. Gib acht, Jakob! flehte sie innerlich.

„Laßt uns nun ein Opfer darbringen", hörte sie Laban sagen.

„Nein!" Jakobs Stimme klang fest. „Es wird kein Opfer geben. Nur einen Wachturm, so daß Gott zwischen uns die Wacht hält."

Wieder breitete sich Stille zwischen den Männern aus. Schließlich sagte Leas Vater seufzend: „Dieser Ort soll ‚Jegar-Sahaduta' heißen."

Lea stockte der Atem. „Jegar-Sahaduta" bedeutet in der Sprache der Bewohner Harans „Pfahl des Zeugnisses". Eine an sich unverfängliche Bezeichnung. Aber Laban mußte annehmen, Gott würde auf seine Seite wechseln, wenn sie für diesen Ort einen Begriff aus der Sprache Harans wählten.

Doch Jakobs Antwort lautete fest und unerschütterlich: „Der Ort soll Gal-Ed heißen!"

Lea jubelte. Ihr Mann hatte also die Falle erkannt, die ihr Vater ihm hatte stellen wollen. In Jakobs Sprache bedeutete Gal-Ed „Steinhaufe des Zeugnisses". Nur ein kleiner sprachlicher Unterschied, aber von größter Bedeutung.

Wieder Stille unten im Tal; Stille, die Lea fast körperlich fühlen konnte. Als ihr Vater endlich das Wort ergriff, war nichts mehr vom Siegesbewußtsein zu spüren. Im Gegenteil!

„Laß uns den Ort ‚Mizpa' nennen", schlug er vor.

Dieses Wort gab es in beiden Sprachen, und es bedeutete soviel wie „Spähort". Und das ließ sich sowohl auf den einzelnen Stein wie auf die Steinpyramide anwenden. Das heißt: Es schloß keines von beiden aus.

„Der Ort soll Mizpa heißen!" bestätigte Jakob.

„Dann laß uns hier einen Schwur ablegen", sagte Laban. „Der Herr wache als Späher über dir und mir, wenn wir voneinander gegangen sind."

„Einverstanden!" antwortete Jakob und fügte hinzu: „Mizpa!"

Aber Laban war noch nicht fertig. „Dieses Steinmal und dieser Steinberg seien ein Zeugnis dafür, daß Gott dir folgen wird – wohin du auch gehst. Und solltest du jemals meinen Töchtern ein Leid antun oder dir andere Frauen hinzunehmen, wird Gott dich bestrafen. Mizpa!"

„Mizpa!" antwortete Jakob.

Auf diesen Schwur einzugehen, ist nicht schwer, überlegte sich Lea. Jakob hatte seine Ehefrauen niemals schlecht behandelt, und er würde wohl kaum noch eine andere Frau heiraten. Hatte er doch schon viele Söhne. Alle seine Wünsche, was Frauen anbetraf, wurden durch Rahel und Lea erfüllt. Dieser Eid war also leicht zu halten.

Aber hatte Laban wirklich nichts mehr vor?

Sie dachte über die Worte ihres Vaters nach. Einer seiner Sätze beschäftigte sie besonders. Was hatte Laban zu Jakob gesagt? „Gott wird dir folgen, wo immer du auch hingehst." Das konnte nur eines bedeuten: Laban war davon überzeugt, daß er Jakobs Gott nicht gestohlen hatte.

Wie um Leas Gedanken zu bestätigen, sagte Laban nun: „Diese Steinpyramide und dieses Steinmal sollen eine Grenzlinie zwischen uns bilden. Keiner von uns soll über diese Linie hinweg in das Gebiet des anderen eindringen, und das, solange wir leben. Nach unserem Tode sollen auch unsere Nachkommen diese Linie nicht überschreiten. Der Herr wache als Späher zwischen mir und dir, wenn wir voneinander gegangen sind. Er möge dafür sorgen, daß wir es nicht tun. Mizpa!"

„Mizpa!" antwortete Jakob.

Doch Laban hatte noch etwas zu sagen. „Ich will den Gott unserer Väter anrufen, den Gott Abrahams und Nahors und ihres gemeinsamen Vorfahrens Terach, unser Zeuge zu sein. Mizpa!"

Diese letzten Worte überraschten Lea. Gott war der Gott Abrahams und Isaaks, aber nicht der Gott Nahors und Terachs.

Wußte ihr Vater das nicht? Oder bedeuteten seine Worte, daß für ihn Gott der Gott beider Zweige der Familie war?

„Mizpa!" bestätigte Jakob ernst. „Der Herr wache als Späher zwischen mir und dir, wenn wir voneinander gegangen sind. Möge der allmächtige Gott meines Vaters Isaak, der allwissende Gott Abrahams, der Herr über Leben und Tod – möge dieser mächtige Gott über unseren Schwur wachen. Möge er mich oder dich vernichten, wenn einer von uns jemals wieder diese Grenzlinie überschreitet. Mizpa!"

Jakob sprach die abschließenden Worte mit lauter Stimme und sehr überzeugend. Sie verfehlten nicht die beabsichtigte Wirkung auf Laban.

„Mizpa!" bestätigte Laban leise.

Es war zu Ende. Lea hörte Jakob und ihre Söhne den Berg zu ihrem Lager hinaufklettern. Des aufgeregten Geflüsters von Naftali: „Sie kommen zurück!" hätte es gar nicht bedurft.

Schon stand Jakob – nach dem raschen Aufstieg nach Atem ringend – vor ihr. Er ergriff ihre beiden Hände.

„Wir haben es geschafft, Lea! Wir sind gerettet!"

„Ja, wir sind gerettet!" Lea strahlte ihn an. „Du hast dich großartig geschlagen, Jakob! Ich bin so stolz auf dich!"

„Ich bin auch stolz auf dich. Beeilt euch! Ich muß Rahel die Neuigkeiten erzählen. Laß uns ein Opfer zubereiten und ein Familienfest feiern. Morgen früh kannst du mit Rahel und den Kindern deinem Vater Lebewohl sagen. Dann werden wir das Lager hier auflösen und nach Hause ziehen."

Nach Hause! Jakob meinte das Land Kanaan, natürlich! Nicht Haran! Niemals wieder würde es ihre Heimat sein. Sie durfte diese unsichtbare Grenzlinie am Fuße des Berges nie mehr überschreiten. Und das wollte sie auch gar nicht. Ihr Zuhause war jetzt für immer bei Jakob.

8

„Was siehst du, Jakob?"

Die Sonne schien warm auf Leas Gesicht. Sie fragte sich, ob die morgendlichen Sonnenstrahlen Jakob blendeten und er deshalb nicht genau beobachten konnte, was Labans Leute beim Abschlagen ihres Lagers taten. An diesem Morgen hatte Jakob bereits seine beiden Frauen und seine Kinder jeweils zu zweit ins Tal hinuntergeschickt – bis zur Grenzlinie des Mizpa-Schwures. Dort hatte Laban sie geküßt und Abschied von ihnen genommen.

In ihrem eigenen Lager war noch alles still. Jakob hatte die Schafe und Ziegen in kleinen Herden aufs Feld geschickt, damit sie sich ihre Weide und ihr Wasser suchten. Während der drei Tage, als Jakob mit Laban verhandelte, hatten die Tiere auf der schmalen Hügelspitze alles Grün abgegrast.

„Laban bricht auf", verkündete Jakob und beschrieb Lea, wie Laban, dessen Söhne und die Krieger aus dem Lager aufbrachen, den Berg herunterstiegen und in Richtung Haran zogen. Vorsichtig umging Laban die Grenzlinie, die in nord-südlicher Richtung von dem Tal des Steinmales und der Steinpyramide verlief.

„Jetzt sind wir sicher vor ihnen, Lea", sagte Jakob erleichtert. „Laban wird es nicht wagen, uns hier noch anzugreifen."

„Ich bin mir nicht sicher, ob es jemals seine Absicht war, uns etwas anzutun", entgegnete Lea. „Weshalb er uns verfolgte? Er wollte einen Gott finden, den er anbeten kann. Seinen Hausgott hat er nicht zurückbekommen, also nahm er unseren Gott an. Ich denke, er ist jetzt sehr zufrieden."

„Meinst du wirklich, daß Laban glaubt, Gott sei mit ihm?"

„Da bin ich mir ganz sicher! Er ist fest davon überzeugt, Gott ist mit deiner Familie und mit seiner."

„Woher willst du das wissen?"

Lea schwieg einen Augenblick. Sie erinnerte sich daran, wie gestern dort unten im Tal diese beiden Männer – Jakob und ihr Vater – einander gegenübergestanden und ihre Kräfte gemessen hatten: mit dem erklärten Ziel, den jeweils anderen durch kluges Taktieren zu überlisten und ihn aus dem Rennen zu werfen. Und beide hatten gewonnen. Beide hatten erreicht, was sie angestrebt hatten: Laban hatte einen Gott gefunden und Jakob seine Sicherheit wiedergewonnen.

Lea zwang ihre Gedanken zurück zu Jakobs Frage – war ihr doch nicht entgangen, daß er noch immer auf ihre Antwort wartete. „Erinnerst du dich daran, was mein Vater über den Gott seines Vaters Nahor sagte?"

Jakob nickte: „Er sagte, Gott sei der Gott Nahors, Abrahams und Terachs. Aber darin irrt er sich doch. Gott sprach zu meinem Großvater Abraham und nicht zu Labans Großvater Nahor. Und unser gemeinsamer Vorfahr Terach von Ur wußte überhaupt nichts von diesem Gott."

„Und darauf hast du ihm gleich klargemacht, daß Gott der Gott deines Vaters Isaak und deines Großvaters Abraham ist. Laban hat dem nicht widersprochen. Er hat es in seinem Herzen angenommen, daß Gott von nun an der Gott aller Nachkommen Terachs ist."

Jakob seufzte. „Wirklich, es macht nicht viel aus, ob er denkt, Gott sei nun sein Gott – solange er sich an unseren Schwur hält und uns unbehelligt läßt. Ich will einfach nichts mehr mit diesem hinterhältigen alten Mann zu tun zu haben."

Möglicherweise hegte ihr Vater ähnliche Gefühle Jakob gegenüber – überlegte Lea. Aber dann wurden ihre Überlegungen von einem anderen Gedanken verdrängt. Wie würde sich ihr Vater auf diesen neuen Gott einstellen? Sein ganzes Leben lang hatte er einen Gott verehrt, der sich ihm in einem Stück Holz darstellte, der gekauft und mit Geschenken beschwichtigt werden konnte, der anfällig für Schmeicheleien war und Lieblinge hatte.

Dagegen der neue Gott. Würde sich Laban an einen unsichtbaren Gott gewöhnen können? Und – würde Gott Labans Anbetung erhören? Was wäre, wenn es mit Labans Glück und Wohlergehen nun nicht steil bergauf ging? Einen flüchtigen Moment lang wünschte sich Lea, sie könnte ihrem Vater beistehen, sich auf Gott einzustellen, und wäre es auch nur eine kurze Zeit. Sie und Jakob könnten ihm so viel erklären, könnten ihm helfen, mit dem neuen Glauben vertraut zu werden und dessen Wert zu erkennen.

Jakobs Worte unterbrachen ihre Gedanken. „Wir müssen weiterziehen! Sobald wir in Mahanajim sind, werden wir zwei Lager aufschlagen. Du und deine Familie, ihr werdet in dem Tal im Norden lagern, und Rahels Familie im Süden. Die Schafherden, die Ziegen werden wir auf beide Lager aufteilen. Wir können dort eine Weile bleiben, bis wir bereit sind."

„Bereit wofür?" fragte Lea, meinte aber, die Antwort auf ihre Frage bereits zu kennen.

„Esau!" Jakobs düsterer Ton spiegelte seine Gedanken wider. „Wie sollen wir uns da nur verhalten?"

Lea überlegte einen Moment, während Jakob sie zu ihrem Zelt geleitete. „Warum schickst du nicht einen Boten, der ihm ankündigt, daß du auf dem Wege zu ihm bist?" fragte sie schließlich.

„Aber warum sollten wir das tun? Sollten wir nicht besser versuchen, unentdeckt in das Land Kanaan zu gelangen und dann unsere Krieger zu sammeln, bevor er auf uns stößt? Warum sollen wir ihn warnen?"

„Vielleicht ist es besser, wenn Esau eine freundliche Nachricht von dir empfängt, als daß es ihm von irgend jemandem zugetragen wird. Vielleicht berichtet man ihm sonst, du würdest mit einer Streitmacht in das Land eindringen, um gegen ihn zu kämpfen."

„Aber Lea, das haben wir doch überhaupt nicht vor!"

„Nein, natürlich nicht! Aber gerade deswegen ist es besser für uns, ihm eine Nachricht zu schicken, daß du als sein Bruder und in friedlicher Absicht zu ihm kommst."

Jakob nickte zustimmend. „Ich werde Omri zu Esau schikken. Er soll diese Botschaft von uns übermitteln und sie in freundlicher Form vortragen. Wenn irgend jemand einen günstigen Eindruck macht, dann ist es Omri."

„Eine gute Wahl!" bestätigte Lea.

„Und", meinte nun Jakob, „er soll herausfinden, ob meine Mutter noch am Leben ist."

Inzwischen hatten sie Leas Zelt erreicht. Knechte und Mägde eilten an ihnen vorbei, emsig damit beschäftigt, die Habseligkeiten des Lagers zusammenzupacken. Es gab eine Menge zu tun. Auch für Jakob. Und doch blieb er noch einen Moment stehen, so als wolle er noch etwas sagen. Lea bemerkte sein Zögern.

„Was ist, Jakob?" fragte sie.

„Lea ..." Jakob ergriff ihre Hand. Still stand Lea vor ihm, als Jakob ganz offensichtlich nach Worten rang. „Lea", begann er schließlich, „wenn mir etwas zustoßen sollte, wenn ich getötet würde ..."

Lea erschrak zutiefst. Worte drängten sich auf ihre Lippen, aber sie schwieg. Sie wollte ihm sagen, daß alles gutgehen würde, ihm nichts geschehen könne. Aber sie wußte, daß sie jetzt Jakob zuhören mußte, ihn über seine Ängste sprechen lassen mußte.

„Sollte ich getötet werden", wiederholte Jakob, „wirst du dich dann um meine Söhne kümmern?"

Was sagte er da? Selbstverständlich würde sie für seine Kinder sorgen. Das wußte er doch. Nichts als Liebe und Zärtlichkeit für ihren Mann erfüllte sie in diesem Moment. Für ihren Mann, der mit seiner Sorge, seiner Angst zu ihr gekommen war. Oder bedeuteten seine Worte nur, daß er ihr zutraute – mehr als jedem anderen –, eine plötzlich führerlos gewordene Familie aus der Gefahr zu bringen? Oder war da noch etwas anderes?

Und dann wußte sie auf einmal die Antwort.

„Solltest du getötet werden, Jakob – Gott möge es verhüten! –, dann werde ich mich um deine Familie kümmern!" Lea sah Jakob ruhig und gefaßt an, und Jakob wußte, daß sie die Wahrheit sprach, als sie jetzt sagte: „Ich werde mich um deine ganze Familie kümmern."

Jakob stieß einen Seufzer der Erleichterung aus. Jetzt war er beruhigt. Seine ganze Familie!

„Danke, Lea", murmelte Jakob.

Lea trat ganz dicht an ihn heran, schaute in sein vertrautes Gesicht, das sie in dieser geringen Entfernung gut erkennen konnte. Sie sah ihm in die Augen.

„Jakob", fragte sie und war erstaunt, wie gelassen ihre Stimme klang, „hast du vor, Josef den Segen für das Erstgeburtsrecht zu geben?"

Jakob stand ganz still, seine Augen unverwandt auf Lea gerichtet. Lange sagte er kein Wort.

Als er endlich wieder sprechen konnte, flüsterte er es, dieses eine Wort: „Ja!" Nur ein einziges Wort. Aber es durchbohrte Lea wie ein Schwert. In ihrem Inneren tobte ein furchtbarer Kampf. Dennoch – sie wollte sich nicht überwältigen lassen.

Lea lächelte. „Es soll so sein, wie du es sagst."

Jakob atmete erleichtert auf. „Lea ..." Er hielt ihre Hände noch immer fest an sich gepreßt. „Lea ..." Dann waren plötzlich seine Arme um sie, und er hielt sie liebevoll umschlungen.

Dann sagte er nur: „Ich danke dir, Lea. Du verstehst mich wirklich."

Lea hatte die Schlacht gegen sich selbst gewonnen, und sie konnte sogar lächeln. „Ja, ich verstehe dich", bestätigte sie ihm. „Mach dir keine Sorgen. Josef ist und bleibt der Sohn mit dem Erstgeburtsrecht."

Jakob küßte sie zart auf die Stirn. „Danke, Lea!" murmelte er und ging.

Lange nachdem das knirschende Geräusch seiner Sandalen auf dem steinigen Boden verklungen war, stand Lea noch immer unbeweglich vor ihrem Zelt, ungeachtet all des Trubels um sie herum. Sie hatte Jakob ein Versprechen gegeben. Ein inhaltsschweres Versprechen; eines, das nichts als Schmerz für sie bedeutete.

Hatte sich Jakob wirklich klargemacht, welches Leid mit diesem Versprechen für sie verbunden war? Mit Sicherheit! Weshalb sonst hatte er so gezögert, ihr diese Frage zu stellen? Aber er hatte die Frage gestellt, und sie hatte es versprochen.

Lea preßte ihre Lippen entschlossen aufeinander. Ja, sie würde dieses Versprechen halten! Nicht erst, wenn Jakob sterben würde, sondern schon heute, zu seinen Lebzeiten. Sie würde Josefs bevorzugte Stellung nie in Frage stellen. Er sollte die Ehre des Erstgeburtsrechts haben. Vor Ruben. Vor allen anderen. Weil Jakob sie darum gebeten und sie es ihm versprochen hatte.

Und sie würde es sogar frohen Herzens tun.

9

Lea hatte Jakob nicht nur versprochen, Josef als den bevorzugten Sohn, sondern auch als Erben des Erstgeburtsrechts anzuerkennen. Und das schien gar nicht so schwer zu sein – als sie in Jakobs Armen lag. In den zwei Wochen ihrer Reise von Mizpa nach Mahanajim mußte sich Lea freilich eingestehen, daß tief in ihrem Innern immer wieder ein Kampf auszubrechen drohte.

Etwa in dem Moment, als Jakob neben Rahels Reittier stand und den kleinen Josef im Arm hielt, ehe er ihn Rahel für die Wanderung dieses Tages hinaufreichte. Und da hatte Lea ganz deutlich gehört, wie Jakob leise zu dem Kind sagte: „Mein Sohn, mein einziger Sohn."

Konnte sie das wirklich unberührt lassen?

Der schwere Konflikt in ihrer Familie hatte sie wieder einmal in seiner ganzen Schärfe getroffen. Lea dachte an Ruben, den Erstgeborenen, an seine Reife, sein Vertrauen in seine Eltern – und wie er betrogen wurde. Welche Ungerechtigkeit!

Plötzlich kam ihr Esau in den Sinn. War ihm nicht genau das passiert? Mußte er nicht ebenso empfunden haben? Natürlich hatte er das! Lea konnte den Schwur nachvollziehen, den Esau vor so vielen Jahren in seiner Not geschworen hatte und der ihn vielleicht heute noch band.

Was bedeutete das für sie, Lea? Sollte sie auch einen heiligen Eid schwören? Gott anrufen, Josef zu verfluchen und dem das Erstgeburtsrecht zurückzugeben, dem es zustand? Nein! Solche Schwüre beruhten auf nichts anderem als Zorn und Haß. Wie sollte ein solcher Schwur irgend jemanden binden? Gott würde bestimmt niemanden daran binden, jedenfalls nicht der Gott, den sie durch Jakob kennengelernt hatte.

Lea hob den Kopf und atmete tief durch. Sie war Jakobs Frau. Und sie war erzogen worden, den Willen des Mannes in der Familie anzunehmen, ohne jede Ausnahme. Sie mußte Jakobs Entscheidung hinnehmen. Sie mußte es! Sie hatte es Jakob versprochen. Und sie hatte geschworen, es freudig zu tun.

So manches Mal auf dieser Reise nach Mahanajim fürchtete Lea, daß an ihren Augen abzulesen war, was in ihrem Innern tobte. Rahel geriet niemals in einen solchen Verdacht – dessen war sich Lea ganz sicher. Rahel war einfach zu glücklich in ihrer Liebe zu Jakob und in dem Wissen, daß ihr Sohn Josef der Erbe der Verheißung sein sollte. Zwar schien es so, als sei Jakob in den vergangenen zwei Wochen liebevoller als sonst zu Lea gewesen – vielleicht aus einem Schuldgefühl heraus, vielleicht empfand er auch etwas von der Tiefe ihres Schmerzes. Aber er hatte nichts gesagt.

Lea sprach ebenfalls nicht mehr darüber. Sie hatte die Entscheidung angenommen, mußte die Bitterkeit ihrer verletzten Gefühle ersticken. Sie wollte – sie mußte! – wieder lächeln.

Der Name Mahanajim war gut gewählt: „Zwei Lager". Das weite Tal bot reichlich Weideflächen und Wasserstellen. Jakob war unermüdlich damit beschäftigt, seine Leute und die Herden in diese beiden Lager aufzuteilen. Die eine Gruppe lagerte an der Wasserquelle im Norden, die andere brach in südlicher Richtung auf. Lea musterte ihre Gruppe an der nördlichen Quelle und bewunderte wieder einmal die Klugheit ihres Ehemannes. Nicht nur, daß hier die eine Hälfte der Schafe und Ziegen weideten, auch alle ihre Söhne waren bei ihr. Die anderen Herden scharten sich um Rahel und deren Söhne.

Am Morgen des zweiten Tages in Mahanajim erschien Jakob in Leas Zelt. Seit Jahren schon pflegte er morgens zu ihr zu kommen. Lea hatte diese wenigen gemeinsamen Augenblicke in der Frühe des Tages immer herbeigesehnt. Dennoch wunderte sie sich, daß Jakob diese Gewohnheit auch jetzt noch beibehielt. Immerhin mußte er – nachdem er die Nacht bei Rahel verbracht hatte – fast einen Kilometer zurücklegen, um sein morgendliches Treffen mit Lea einzuhalten.

„Geh ein Stück mit mir, Lea", bat Jakob. „Wir können zur Wasserstelle wandern, so wie wir es in Haran immer getan haben."

Lea lächelte und faßte ihn am Ärmel. Ihre morgendlichen Gespräche schienen Jakob ebensoviel zu bedeuten wie ihr selbst.

„Warum kommst du nicht ins Zelt und siehst dir deine kleine Tochter an?" Lea versuchte, ihrer Stimme einen unbeschwerten Klang zu geben. „Wie lange schon hast du Dina nicht mehr im Arm gehalten."

Jakob lachte etwas verlegen. „Du weißt doch, ich mag keine kleinen Mädchen. Sie sind nicht so wie kleine Jungen."

„Meinst du wirklich? Sie tun alle dasselbe. Sie bekommen an derselben Stelle ihre Nahrung. Sie weinen und lachen und schlafen – ob sie nun Jungen sind oder Mädchen."

„Aber spätestens jetzt weißt du, daß nicht stimmt, was du sagst." Das Lachen in seiner Stimme war nicht zu überhören. „Kleine Mädchen schreien immer und sind ständig naß."

Lea lachte. „Kleine Jungen sind es auch. Oder solltest du das noch nicht bemerkt haben? Was hast du nur gegen Mädchen? Doch nach elf Söhnen war das wohl fast zu erwarten!"

„Elf Söhne!" Jakob geriet immer in Begeisterung, wenn er darüber nachdachte. Seine Nachkommenschaft reichte von Ruben, der schon seinen vierzehnten Geburtstag gefeiert hatte, bis zum wenige Monate alten Josef. Vier Frauen hatten ihm diese Söhne geboren, die alle ihm gehörten. Sie würden ihm im Alter mit Sicherheit ein angenehmes Leben bereiten.

„Elf Söhne und eine Tochter", sagte Lea zart.

„Das stimmt, elf Söhne und eine Tochter. Aber wir wollen gar nicht erst damit anfangen, Dina mit den elf Söhnen zu vergleichen. Und schon gar nicht mit Josef. Mit ihm erst recht nicht."

Wieder einmal mußte Lea ihren Kampf ausfechten. Sie schwieg einen Moment. Aber sie hatte die Schlacht schon vor längerer Zeit gewonnen. Und es fiel ihr leichter, damit fertigzuwerden, wenn sie Jakob an ihrer Seite wußte.

Sagte er das in der Absicht, sie zu verletzen? Nein, das glaubte sie auf keinen Fall. Jakob verhielt sich ihr gegenüber niemals verletzend. Aber er wollte sie mit Sicherheit an seinen Lieblingssohn erinnern. Und damit an ihr Versprechen.

Sie lächelte ihrem Ehemann zu. „Ja, Jakob! Nicht mit Josef!"

„Lea", Jakob war ernst geworden und sagte liebevoll: „Ich möchte, daß du weißt ..."

Unvermittelt brach er ab, denn dort drüben in der Mitte des Tales passierte gerade irgend etwas Ungewöhnliches. Jakob und Lea hörten aufgeregte Rufe und Hufschläge. Auf einem Kamel kam ein Mann herangeritten.

„Was ist da los, Jakob?" wollte Lea wissen.

„Es ist Omri. Nun werden wir endlich mehr erfahren."

Vor einiger Zeit hatte Jakob nach langem Überlegen den Knecht Omri als Boten zu Esau gesandt, um Esau eine brüderliche Nachricht, ein Angebot zum Frieden, zu überbringen. Omri besaß ein gutes Kamel, und so war er nur zwei Wochen fortgewesen.

Die Hufschläge kamen näher. Schon konnte Lea die Umrisse des großen Tieres und seines Reiters erkennen, hörte deren lautes, angestrengtes Atmen. Kein Wunder, nach einer so langen beschwerlichen Reise.

„Sei willkommen in Mahanajim! Möge Gott dir gute Gesundheit schenken und eine erholsame Rast in unserer Mitte," begrüßte Jakob den Zurückgekehrten. Eine ungewöhnliche Begrüßung für einen Knecht, aber sie bewies Jakobs Respekt, seine Sympathie für diesen Mann, der ihm in all den Jahren so treu gedient hatte.

„Steig ab und erfrische dich an der Wasserquelle. Und dann – wir sind gespannt auf deine Neuigkeiten."

„Ich danke dir, Jakob."

Omri stieg vom Kamel, während Jakob die Zügel hielt. Das Tier drängte ebenfalls zur Quelle, aber Jakob hielt es eisern fest. Erst als sich Omri von der Quelle erhob – das Gesicht und den dichten schwarzen Bart voller Wassertropfen –, ließ Jakob das Kamel los, das seinen Kopf sofort geräuschvoll in die Tränke steckte. Es würde sehr lange dauern, bis es seinen Durst gestillt hatte.

„Gott sei mit dir, Jakob!"

Omri hatte – wie alle anderen auch – den Gott seines Herrn angenommen, obwohl es für ihn immer noch „Jakobs Gott" war. Aber beim zeremoniellen Gruß mußte der Name Gottes genannt werden.

„Ich bringe dir Nachricht von deinem Bruder Esau, den ich in Edom fand, im Süden des Landes Seir. Ich habe ihm die Botschaft deiner Freundschaft und deiner brüderlichen Liebe überbracht."

„Und – wie hat er sie aufgenommen?"

„Ich weiß es nicht. Esau sagte kein Wort, und sein Gesicht ließ keine Gefühle erkennen. Ich kann dir nicht sagen, ob er zornig oder froh war."

„Hat er dich gut behandelt?"

Omri nickte. „Ja, er erwies mir uneingeschränkte Gastfreundschaft. Einen Tag und zwei Nächte durfte ich in seinen Zelten wohnen und mit ihm essen, war ich sein Gast. Ich habe die Einladung angenommen, aber nach unserem ersten Treffen habe ich ihn nicht wiedergesehen."

Jakob lief unruhig auf und ab. „Was meinst du", fragte er, „erwartet Esau von mir, daß ich zu ihm komme, mich mit ihm treffe?"

Omri schüttelte heftig seinen Kopf. „Nein! Nein! Einer seiner Diener erzählte mir, daß er eine kleine Gruppe von Kriegern um sich schart und sich auf eine Reise vorbereitet."

„Krieger?"

„Jawohl! Krieger! Ich konnte aber nicht herausbekommen, wieviele Männer es sind. Doch ich weiß, daß sie bewaffnet sind. Sie tragen Pfeil und Bogen."

Lea stockte der Atem. Sie wußte, daß Pfeil und Bogen Esaus bevorzugte Waffen waren. Er würde seine Männer in ihrem Gebrauch unterwiesen und bestens geübt haben.

„Wann wird Esau hier sein?" Das Zittern in Jakobs Stimme verriet seine Angst.

„Ich weiß es nicht. Am Morgen des letzten Tages ritt ich, so schnell ich konnte, hierher zurück."

„Danke, Omri! Du hast es gut gemacht."

„Was sollen wir tun, Jakob?" fragte Omri angsterfüllt. „Esau wird uns alle töten!" Diese Sorge hatte Omri offenbar während seines langen anstrengenden Rittes von Edom bis Mahanajim gequält.

„Er wird uns nichts tun, mein Freund." Jakobs Stimme klang beruhigend, aber Lea entging nicht das leichte Zittern, das der Knecht vielleicht gar nicht wahrnahm. „Denke daran! Gott ist auf unserer Seite."

„Gott sei gepriesen", murmelte Omri mit wenig überzeugendem Enthusiasmus. Zu lange hatte er es mit seelenlosen Götzen zu tun gehabt, um überhaupt in irgendeine Gottheit irgendein Vertrauen zu setzen.

„Omri", fragte nun Jakob beklommen, „hast du irgend etwas über meine Mutter erfahren?"

Omri nickte ernst. „Sie ist tot, Jakob. Vor vier Jahren ist sie gestorben. Esau war bei ihr."

Jakob schwieg, sagte kein einziges Wort. Hatte er diese Nachricht schon erwartet? Verzweiflung, Trauer waren ihm jedenfalls nicht anzumerken.

Omri zerrte sein Kamel von der Tränke und führte es weg. Nachdem er gegangen war, wandte sich Jakob an Lea.

„Erst Laban und nun Esau! Wir sitzen wieder in der Falle!"

Lea griff nach Jakobs Ärmel, und gemeinsam wanderten sie zu ihrem Zelt zurück.

„Vergiß nicht", ermahnte ihn Lea, „Laban kam ohne jede Absicht, dir etwas anzutun. Vielleicht ist es mit Esau dasselbe. Vielleicht möchte er nur seinen langvermißten Bruder begrüßen."

„Mit einer Horde bewaffneter Krieger? Nein! Und abermals nein! Esau wird nicht zögern, uns alle zu töten. Vergiß nicht, daß er einen Eid geschworen hat. Und Esau ist nicht ein Mensch, der leicht seine Meinung ändert."

„Aber was hast du gerade Omri gesagt? Gott ist mit dir! Du bist der Erbe der Verheißung. Gott wird dich beschützen!"

„Ich wünschte, ich könnte dir glauben!" seufzte Jakob.

Lea schauderte. Jakobs Worte hatten bitter geklungen, fast verzweifelt. Es kam Lea so vor, als wüßte sie um seine innersten Gedanken. Seine zur Schau getragene Zuversicht und sein unerschütterlicher Glaube waren nichts als eine Maske!

Während der zwanzig Jahre ihrer Ehe mit Jakob war er ihr stets als ein vertrauensvoller Mann mit einem starken Glauben erschienen – wie ein Fels in der Brandung. Nur einige wenige Male, so in der ersten Woche nach ihrer Hochzeit, als er ihr vertrauensvoll von seinem Glauben erzählte, hatte sie bei ihm eine leichte Unsicherheit bemerkt.

Wie gern hätte sie jetzt mit ihm gesprochen, ihn getröstet. Sie wollte ihn an sein Erstgeburtsrecht erinnern, an den Traum, den er in Bethel geträumt hatte, an die Jahre seines Dienstes unter Laban, in denen er reich geworden war, an den Zusammenstoß mit ihrem Vater in Mizpa. Die Worte drängten sich auf ihre Lippen, aber Jakob kam ihr zuvor.

„Ich weiß, daß Gott mit mir ist", sagte er gequält. „Er hat es oft genug bewiesen. Aber ich bin immer noch nicht sicher ..."

Lea ergriff den Arm ihres Mannes. „Du wirst es niemals ganz sicher wissen, Jakob. Zu keiner Zeit! Alles, was du tun kannst, ist vertrauen."

Jakob nickte zustimmend. „Wenn ich Gott nur ein einziges Mal von Angesicht zu Angesicht begegnen und mit ihm sprechen könnte! Wenn Gott mich persönlich segnen würde ... Aber ... Gott ist nicht ein Mensch wie wir. Also wird sich mein sehnlichster Wunsch niemals erfüllen."

Lea nickte. „Du hast recht. Aber ist es nicht gerade das Wesen des Glaubens, Gott zu vertrauen, ohne ihn von Angesicht zu Angesicht gesehen zu haben?"

Jakob holte tief Luft. „Das stimmt ja alles! Aber löst es meine Schwierigkeiten? Lea, was meinst du, sollen wir tun?"

Auf einmal hatte Lea eine Idee.

„Wir müssen uns in zwei Gruppen teilen, Jakob. Rahels Familie soll nach Süden gehen, und ich ziehe mit meiner Familie nordwärts. Sollte Esau dann auf einen Teil deiner Familie stoßen, vielleicht sogar alle töten, wird der andere Teil überleben. Hast du uns nicht auch deshalb in zwei Lager aufgeteilt, als wir nach Mahanajim kamen?"

Jakob blieb stehen, wandte sich Lea zu und sah ihr in die Augen. „Ich wünschte, du hättest recht. Aber das war nicht der Grund. Es war – aber lassen wir das jetzt. Deine Idee ist wirklich gut. Laß uns sofort mit dem Aufbruch beginnen. Wer weiß, wieviel Zeit uns noch bleibt?"

Jakob hatte den Plan sehr schnell erfaßt, und er begann sofort damit, ihn auszuführen. Lea hörte aufmerksam zu, was er seinen Leuten auftrug; sprühend vor Tatkraft und klugen Einfällen. Die Familie, die nordwärts zog, also Leas Leute, würden den Fluß Jabbok überqueren und im Gebirge ihr Lager aufschlagen. Rahels Familie sollte in die Wüstengebiete in südlicher Richtung wandern. Esau aber würde zunächst in Mahanajim ankommen. Und dann müßte er sich entscheiden, welcher Spur er folgen wollte.

„Ich gehe mit Rahel!" verkündete Jakob. „So kann ich sie und unseren Sohn Josef beschützen."

Lea widersprach heftig. „Esau wird nicht ruhen, bis er dich gefunden hat, Jakob. Wenn du bei Rahel bleibst, gefährdest du sie und ihre Familie."

„Das stimmt sicherlich. Aber wenn ich mit dir gehe, bist du in Gefahr."

„Weshalb gehst du nicht allein fort und versteckst dich im Gebirge?"

„Das könnte ich tun. Niemand, nicht einmal der große Jäger Esau, würde mich dort finden. Aber wird mein Bruder nicht in deinem und in Rahels Lager nach mir suchen? Warum also beide Familien in Gefahr bringen?"

„Dann hinterlaß ihm eine Spur, der er folgen kann."

Jakob starrte sie überrascht an. Aber Lea ließ sich nicht beirren.

„Wenn Esau nach Mahanajim kommt, wird er die Fährte der Tiere studieren und damit gleich herausfinden, daß die Familie auf entgegengesetzten Wegen weitergezogen ist. Entdeckt er aber die Spur eines einzelnen Mannes, wird er sie verfolgen. Denn du bist es, den er haben will, nicht deine Familie."

„Das ist wahr", stimmte ihr Jakob zu. „Außerdem kenne ich mich hier im Land gut aus, sogar noch besser als Esau selbst. Es ist ein wildes Land, von tiefen Schluchten und Höhlen durchzogen, und es gibt viele Wälder. Selbst wenn Esau viele seiner Krieger auf mich hetzen sollte, könnte er mich niemals finden. Und während sie mich suchen, seid ihr in Sicherheit."

„Dann laß uns alles fertigmachen."

Plötzlich ergriff alle eine hektische Betriebsamkeit. Jakob lief eilig in die Richtung der Zelte Rahels, während Lea unverzüglich begann, alles für den Aufbruch ihrer Familie vorzubereiten. Sie schickte Reiter auf die Felder, wo ihre Söhne mit den Knechten die Schafherden hüteten. Dann ging es an das Verpacken der Zelte, mitsamt allem Hausgerät.

Am späten Nachmittag kehrte Jakob zu ihr zurück. Rahel und ihre Familie waren schon unterwegs.

„Ich werde bis zum Jabbok mit euch ziehen", sagte er. „Dort muß ich die Furt finden, an der ihr mit den Herden den Fluß durchqueren könnt. Das geht nur an dieser einen Stelle."

Sie erreichten den Jabbok noch vor Sonnenuntergang. Aber es gab kein Ausruhen. Unermüdlich trieben sie die Herden weiter, um noch vor Anbruch der Dunkelheit über den Fluß zu kommen. Jakob sprach von dem nahegelegenen Platz, an dem sie für die Nacht ihr Lager aufschlagen konnten.

Es wurde Zeit, sich zu trennen. Liebevoll schloß Jakob seine Frau in die Arme.

Lea spürte die Kraft seines Körpers, vielleicht zum letzten Mal.

Nein! So durfte sie nicht denken! Es gab nur eine vorübergehende Trennung.

Aber wie liebevoll er sie umarmt hatte! Jakob küßte ihre Lippen – zärtlich, voller Innigkeit. Er sagte kein Wort, aber die Umarmung war beredt genug.

Dann war er gegangen, und Lea fühlte sich plötzlich sehr allein und einsam. Die Dunkelheit hatte sich über das Land gesenkt, als sich die Karawane auf das kleine Gebirgstal zubewegte, wo sie die Nacht verbringen wollten. Bis das Lager errichtet war, hieß es noch einmal hart zuzupacken. Lea würde versuchen, mit der schweren Arbeit die Einsamkeit zu vergessen, mit der sie seit Jakobs Fortgehen leben mußte. Noch niemals in ihrem Leben hatte sie sich so allein gefühlt.

10

Gegen Morgen wachte Lea ganz plötzlich auf. Irgend etwas stimmte nicht. Sie hatte geträumt, konnte sich aber nicht mehr an den Traum erinnern. Nur eine seltsame Vorahnung, eine quälende Unruhe waren zurückgeblieben. Die Dunkelheit im Zelt trug nicht gerade dazu bei, das beklemmende Gefühl einer drohenden Gefahr von ihr zu nehmen.

Lea erhob sich von ihrem Lager und ging vorsichtig zum Zelteingang. Draußen war noch alles still. Die grauen Nebel der Morgendämmerung waren dabei, die Dunkelheit der Nacht aufzulösen. Schon bald würde im Lager ein reges Treiben herrschen, doch jetzt schlief noch alles. Die Stille verstärkte in Lea das Gefühl, daß etwas Bedrohliches, Schreckliches auf sie zukam.

Sie sagte sich selbst, daß ihre Angst töricht sei. Alles war in Ordnung. Sie hatte schlecht geschlafen – das war alles. Sicher, sie hatte Angst, weil Esau bald auftauchen würde. Esau, mit vielen Kriegern im Gefolge und Haß in seinem Herzen, weil ihn vor vielen Jahren sein Bruder hinterhältig um das Erstgeburtsrecht betrogen hatte. Lea fröstelte in der kalten Morgenluft.

Immer noch konnte sie das Gefühl drohenden Unheils nicht abschütteln. Was halfen da alle vernünftigen Gedanken, was aller gesunder Menschenverstand?

Lea stolperte ins Zelt zurück und tastete in der Dunkelheit, bis sie einen ihrer schlafenden Söhne gefunden hatte. Sie rüttelte ihn wach.

„Was ist, Mutter?" Es war der dreijährige Issachar, das kleine Gesicht schlaftrunken vor Müdigkeit.

„Lauf in Rubens Zelt, mein Junge. Sage ihm, daß er sofort herkommen soll. Es ist sehr wichtig."

Der Junge warf seine Schlafdecke von sich und stolperte noch halb schlafend aus dem Zelt. Die kalte Luft würde ihn sicher bald wachmachen. Lea wußte, daß ihr der Junge gehorchte; eine Eigenschaft, die alle elf Söhne Jakobs auszeichnete.

Lea blieb im Zelteingang stehen. Aber sie mußte nicht lange warten. Schon bald stand Ruben vor ihr. „Was ist, Mutter?" Die Besorgnis in seiner Stimme traf sie schwer.

„Ruben", nur schwer, nur zögernd kam es von ihren Lippen, „ich möchte, daß du etwas für mich tust – ohne Fragen zu stellen. Wecke einen deiner Brüder, und dann reitet beide zu der Furt am Jabbok, wo wir gestern deinen Vater verlassen haben. Sieh nach, ob es ihm gutgeht."

„Aber Mutter, er wird gar nicht mehr dort sein", wandte Ruben ein. Er wird sich irgendwo im Gebirge versteckt halten! Wir werden ihn niemals finden! Geht es dir wirklich gut, Mutter?"

„Es ist alles in Ordnung. Tu, was ich dir sage. Wenn ihr ihn nicht an der Furt findet, kommt sofort zurück."

„Also, wenn du es unbedingt willst!" Vierzehn Jahre lang hatte Ruben seiner Mutter gehorcht, und jetzt? Er tat es einfach. Unwillkürlich fragte sich Lea, ob er seinem Vater ebenso selbstverständlich gehorcht hätte.

Was sie von Ruben verlangt hatte, würde nicht lange dauern. Er würde wieder zurück sein, noch bevor alle im Lager erwacht waren.

Lea ließ sich auf dem Teppich vor dem Eingang ihres Zeltes nieder. Sie hatte sich in eine Decke gehüllt, denn sie fror in der morgendlichen Kälte. Jetzt weckte Ruben einen seiner Brüder. Lea konnte hören, wie der Junge murrte, weil er so früh aus dem Schlaf gerissen wurde. Kurze Zeit später dann die Hufschläge der Kamele, wie sie den Hügel hinuntertrotteten. Die Jungen waren so vernünftig, in dem Zwielicht der Morgendämmerung die Tiere zu führen. Im hellen Licht des Tages würden sie dann auf dem Rückweg reiten.

Das Warten fiel Lea unendlich schwer. Wenn sie doch nur selbst zur Furt des Jabbok gehen könnte! Aber das wäre töricht. So schlecht, wie sie sehen konnte, wäre sie eher ein Hindernis als eine Hilfe. Sie mußte hier ausharren und geduldig warten.

Der Tag war noch nicht ganz angebrochen, als Lea die Hufschläge eines Kamels hörte, das sich rasch den Hügel herauf in Richtung auf das Lager bewegte. Eilig stand sie auf, um den Reiter zu empfangen, der direkt auf sie zusteuerte.

„Mutter! Vater hatte einen schrecklichen Unfall!" Es war Simeon, ihr zweiter Sohn, der ihr diese schlimme Nachricht überbrachte.

Lea wirkte nicht sehr überrascht. Es war, als habe sie dies erwartet.

„Erzähl mir, Junge, was ihr gesehen habt." Leas Worte klangen beherrscht und ließen nichts von dem Aufruhr erkennen, der sich in ihr abspielte. Ihre Gelassenheit schien auch den dreizehnjährigen Jungen zu beruhigen.

„Als wir auf den Berg geklettert waren, der sich über der Furt erhebt, entdeckten wir den Vater am anderen Flußufer. Er lag mit dem Gesicht nach unten auf einem Felsbrocken. Sein Bein sah ganz verdreht aus. Ruben schickte mich sofort zu dir zurück. Er ist zum Vater geritten."

Lea nickte zustimmend. „Wecke Levi und Juda! Sie sollen ihre Kamele satteln und an der Furt des Jabbok mit uns zusammentreffen. Dann komm wieder hierher. Ich will mit dir auf deinem Kamel reiten."

Simeon rannte los. Lea hörte das aufgeregte Rufen aus den anderen Zelten, als Simeon seinen Brüdern die Nachricht verkündete. Und schon war er wieder bei ihr.

„Sie werden mit uns an der Furt zusammentreffen, Mutter."

„Bitte hilf mir hinauf, Simeon."

Mühsam kletterte Lea auf das kniende Kamel, immer noch die Decke über ihren Schultern. Simeon glitt zwischen die Hökker vor ihr. So konnte sich Lea an ihrem Sohn festhalten, während er den Hügel hinabritt.

Alle waren froh, daß Lea mitkam. Denn niemand konnte so gut mit Jakobs Verletzungen umgehen wie Lea. Seit dem Tode ihrer Mutter hatte sie auf diesem Gebiet große Erfahrung erworben, und jeder war mit seinen Krankheiten und Verletzungen sofort zu ihr gelaufen. Obwohl sie nicht gut sehen konnte, hatte sie es gelernt, mit ihren sensiblen zartfühlenden Händen zu heilen und gesundzumachen. Seit fünfundzwanzig Jahren richtete sie gebrochene Glieder, verband offene Wunden und behandelte mit großem Erfolg ihre fiebernden Patienten.

Das Kamel planschte durch das seichte Wasser des Jabbok. Als sie den Fluß durchquert hatten, erwartete sie voller Ungeduld am anderen Ufer Ruben. Er stützte das Kamel, so daß es niederknien konnte. Als erster sprang Simeon herunter und half dann seiner Mutter aus dem Sattel. Ruben nahm Leas Arm und führte sie zu der Stelle, an der Jakob lag.

Noch immer lag er mit dem Gesicht auf dem Boden, aber er war bei Bewußtsein. Er stöhnte vor Schmerzen. „Lea!"

„Ich bin hier bei dir, Jakob."

Nichts weiter sagte Lea, aber sie begann vorsichtig, Jakobs Körper abzutasten. Als ihre Hände seine Hüfte berührten, zuckte er schmerzerfüllt zusammen. Er begann zu zittern, als ihre Finger in aller Zartheit, aber überaus gründlich die Stelle um das Hüftgelenk herum untersuchten. Lea atmete auf. Das Bein war nicht gebrochen. Es war aus dem Gelenk gesprungen.

„Ich kann es wieder einrenken", sagte Lea beruhigend.

Ruben kniete neben ihr nieder. „Mutter, da ist etwas, was du noch wissen solltest", flüsterte er. „Irgendwo hier in der Nähe ist ein Mann. Vater hat uns gesagt, er habe mit ihm gekämpft."

Wieder ergriff sie dieses unbestimmte Gefühl, diese böse Vorahnung. „Wer war es? Sein Bruder Esau?"

„Ich weiß nicht, Mutter."

„Es war Gott!"

Gequält hatte sich Jakob diese Worte abgerungen. Er wandte seinen Kopf, um besser mit ihnen reden zu können. Doch selbst diese leichte Bewegung schien ihm unerträgliche Schmerzen zu bereiten. „Ich kämpfte mit Gott in dieser Nacht", stöhnte er, „und Gott ... Er hat mich gesegnet!"

„Ich verstehe", erwiderte Lea leise, mehr in der Absicht, Jakob zu beruhigen. Sie erfaßte den Sinn seiner Worte ebensowenig, wie sie erklären konnte, daß dieses Gefühl des drohenden Unheils in ihr plötzlich einem tiefen Frieden Platz gemacht hatte.

„Ich will mich jetzt um dein Bein kümmern." Leas Stimme klang überraschend fest und bestimmt. Sie wandte sich an ihre zwei Söhne, zu denen sich inzwischen noch Levi und Juda gesellt hatten.

„Ruben", befahl sie, „halte sein anderes Bein fest. Levi und Juda, nehmt seine Arme und Schultern. Haltet ihn ganz fest! Wenn er sich bewegt, haltet ihn so fest, wie ihr könnt."

Eine nicht ganz leichte Aufgabe für die Jungen. Levi und Juda waren immerhin erst elf und zehn Jahre alt, aber gehorsam nahmen sie ihre Plätze ein.

„Warte einen Moment, Mutter." Ruben tauchte jetzt mit einem Zweig in der Hand auf, den er Jakob in den Mund steckte. „Beiß da drauf, Vater", sagte er.

Lea wußte, was sie zu tun hatte. Sie versuchte, sich einen einigermaßen festen Stand zu verschaffen. Dann ergriff sie Jakobs Knöchel.

„Bist du bereit, Jakob?"

„Ich heiße nicht Jakob!" Die Worte kamen undeutlich und verzerrt aus Jakobs Mund – und doch bestand an ihrem Sinn kein Zweifel. „Nenne mich nie wieder Jakob. Ich bin ‚Israel'!"

Lea hatte keine Zeit, sich über diesen seltsamen Wunsch zu wundern. „Es soll so sein, wie du sagst, Israel", entgegnete sie. Dann zog sie sein Bein, so fest sie konnte, zu sich heran.

Ein gräßliches schnappendes Geräusch im Hüftgelenk war zu hören, und Jakob schrie erstickt auf. Sein Körper zuckte, und er fiel in Ohnmacht.

Lea tastete sacht das Hüftgelenk ab. „Wir haben es geschafft", sagte sie erleichtert. „Jetzt gebt mir den Gürtel, den er getragen hat."

So vorsichtig wie möglich schob sie den langen Stoffgürtel unter Jakobs Körper durch und schnürte ihn dann fest um dessen Hüften. Seine Beine band sie in Kniehöhe mit einer Schnur zusammen. Ebenso band sie Jakobs Füße fest. Alles, damit sich der Hüftknochen nicht wieder ausrenken konnte.

Nun durfte sie an sich denken. Erleichtert aufseufzend setzte sie sich an einen Felsen. Aber Ruben gönnte ihr keine Rast.

„Was sollen wir tun, Mutter?" drängte er.

Lea antwortete ihm nicht sofort. Sie lächelte ihn nur an. Vielleicht würde das ein wenig die Spannung lindern, die den Jungen immer noch gefangenhielt. Wie er seinem Vater ähnelte! Immer, wenn er nicht mehr weiter wußte, kam er zu ihr und bat sie um Hilfe. Ruben war es nicht anders gewohnt. Aber sein Vater hatte erst in den letzten Jahren damit begonnen. Es hatte viele Jahre gedauert, bis er bereit war, Leas Urteil und Rat zu vertrauen.

Als Lea ihrem Sohn endlich antwortete, klang ihre Stimme entschlossen: „Wir gehen nach Mahanajim!"

„Mahanajim!? Aber Mutter – Esau wird uns dort mit Sicherheit finden!"

„Ja, das wird er!" Lea schenkte ihrem Sohn erneut ein Lächeln und war überrascht, daß sie den Frieden und das Vertrauen, wie sie es ihrem Sohn vermitteln wollte, tatsächlich selbst empfand.

„Er wird uns alle töten, Mutter!" rief Ruben entsetzt.

„Er wird uns nicht töten, mein Sohn. Du wirst es sehen."

Ruben schwieg still. Er konnte es eben nicht verstehen. Aber Lea wußte, daß es ihm niemals in den Sinn käme, ihr den Gehorsam zu verweigern.

„Wie du meinst, Mutter", murmelte er.

„Kommt alle her!" Lea stand auf, als sich ihre vier Söhne um sie scharten. „Juda, reite zum Lager zurück und befiehl dem

Gesinde, alles zusammenzupacken und nach Mahanajim aufzubrechen. Noch heute! Jetzt sofort! Levi, du gehst zu Rahels Zelt und sagst ihr dasselbe. Ruben und Simeon, ihr helft mir, eine Trage für euern Vater zu bauen. Wir werden ihn von hier aus nach Mahanajim tragen."

Die Jungen schwiegen einen Moment. Schließlich sprach Ruben. „Wir machen es so, wie du willst, Mutter." Lea freute sich darüber, welch großes Vertrauen ihre Söhne in sie setzten. Und sie war erstaunt über ihre eigene Gelassenheit. Die Vorahnung drohenden Unheils, die sie so früh am Morgen nicht mehr hatte schlafen lassen – sie war mit einem Schlage von ihr gewichen, als Jakob verkündet hatte, sein neuer Name sei „Israel". Seltsam ... Was ...

„Mutter, wie sollen wir die Trage bauen?"

Rubens Frage riß sie aus ihren Gedanken, und Lea richtete ihre Aufmerksamkeit wieder auf die vor ihr liegenden Aufgaben. „Wir brauchen zwei lange Stangen, mein Junge. Und eine Decke – du kannst meine nehmen. Seht, so müßt ihr es machen ..."

11

Langsam senkten sich die Schatten der Abenddämmerung auf das Tal in Mahanajim. Unverkennbar war schon die Feuchtigkeit der Nacht in der Luft zu spüren. Rahel und ihre Familie waren gerade angekommen, nachdem Leas Familie – angeführt von dem jungen Juda – bereits am Nachmittag eingetroffen war. Nur wenige Stunden, nachdem Lea Jakobs Hüfte an der Furt am Jabbok eingerenkt hatte, hatten ihn seine Söhne auf der Trage nach Mahanajim gebracht.

Jakob schlief, hatte aber im Schlaf etwas über einen Mann

gemurmelt, mit dem er am Jabbok gekämpft hatte. Schlaftrunken wie er war, bestand er dennoch darauf, mit seinem neuen Namen angesprochen zu werden, und Lea tat ihm den Willen. Einmal natürlich, weil sie ihn vor jeder unnötigen Aufregung schützen wollte. Aber da war noch etwas anderes. Das war schließlich kein gewöhnlicher Name.

Israel!

Das bedeutete „Gottesstreiter". Jakob hatte in seinem Fieberwahn immer wieder behauptet, der Fremde, mit dem er gekämpft hatte, habe ihm diesen Namen gegeben. Und wenn sie ihn richtig verstanden hatten, dann hatte auch er – Jakob – den Namen des Fremden erfahren wollen. Aber alles, was der Mann ihm gesagt hatte, sei gewesen, daß Jakob von nun an Israel heiße. Damit aber hatte sich der Fremde zu erkennen gegeben. Jakob hatte mit Gott gekämpft.

Hatte er das wirklich? Lea wußte es nicht. Aber sie wünschte aus tiefstem Herzen, sie könnte es glauben. Hatte sie nicht erst gestern von den schweren inneren Kämpfen erfahren, die ihren Mann seit so vielen Jahren quälten? Immer und immer wieder hatte Jakob von seiner Sehnsucht nach einer persönlichen Begegnung mit seinem Gott gesprochen. Sein Großvater Abraham hatte eine solche Begegnung gehabt. Und auch Jakob konnte von einem ähnlichen Erlebnis berichten – damals, als er den Traum von der Himmelsleiter hatte, an deren Spitze Gott stand. Ganz oben an der Spitze – aber so weit entfernt. Jakob wollte mehr als das. War sein heißer Wunsch in der letzten Nacht in Erfüllung gegangen? Oder war er nur auf einem Felsen verunglückt und sprach deswegen wirr?

Entschlossen schob Lea alle diese Gedanken beiseite, als sie den schlafenden Jakob im Zelt zurückließ, um draußen nach Ruben zu suchen. Tiefe Dunkelheit umhüllte das Lager, aber dennoch herrschte große Betriebsamkeit. Zelte wurden aufgerichtet, es wurde gekocht, das Reisegepäck ausgepackt, die Tiere versorgt ... Lea wartete vor ihrem Zelt, als Ruben und Omri zu ihr kamen.

„Laß uns Esau ein Geschenk bringen", schlug Ruben vor, „ein paar Schafe und Ziegen, vielleicht auch ein paar Kamele.

Das könnte vielleicht seinen Zorn uns gegenüber etwas besänftigen."

„Eine gute Idee", bestätigte Omri. „Wir könnten ihm zwanzig Ziegen und zwei Ziegenböcke schicken und ebensoviele Schafe. Dann vielleicht noch drei Kamele. Das wäre eine echte Überraschung, denn – soweit ich das sehen konnte – hat er keine Kamele. Wir könnten sogar noch eine Kuh und ein paar Esel mitschicken. Was meinst du dazu, Lea?"

Erwartungsvoll sahen Ruben und Omri auf Lea. Jetzt, wo Jakob die Führung der Familie nicht mehr übernehmen konnte, war sie – als sei das die selbstverständlichste Sache von der Welt – an Lea übergegangen.

Und Lea antwortete denn auch sehr bestimmt: „Es ist eine gute Idee! Aber ein Geschenk, wie ihr es plant, hätte lediglich einen symbolischen Charakter. Warum machen wir ihm nicht gleich ein großes Geschenk? Das würde Esau weitaus mehr beeindrucken."

„Was schlägst du vor, Mutter?"

„Zweihundert Ziegen und zweihundert Mutterschafe, jeweils zwanzig Ziegen- und Schafböcke, dreißig Muttertiere von Kamelen mit ihren Jungen, vierzig Kühe, zehn Bullen, dazu zwanzig Eselinnen und zehn Esel."

Ruben und Omri schnappten nach Luft. „Aber Lea", protestierte Omri, „das ist ungefähr ein Drittel von Jakobs gesamtem Viehbestand. Das wäre doch mehr als ungewöhnlich!"

„Ich glaube, Mutter hat recht", widersprach Ruben bedächtig. „Sollte Esau unser Geschenk nicht angemessen erscheinen, wird er uns ohne alles Zögern alle Herden rauben – und nicht nur das. Wahrscheinlich wird er uns alle töten."

„Habe keine Angst, mein Sohn", beruhigte Lea die beiden. „Das wird nicht geschehen. Vergiß nicht, daß Gott auf unserer Seite ist. Er wird über uns und unseren Besitz wachen. Gottes Reichtum ist unerschöpflich."

„Ich bewundere deinen Glauben, Lea", meinte Omri eher zweifelnd. „Wäre doch mein Glaube auch so groß. Aber wenn du es willst, werde ich morgen am frühen Abend die Tiere zusammentreiben."

Seine Erleichterung war unverkennbar.

„Da ist noch etwas", bemerkte nun Lea. Die beiden Männer sahen sie erwartungsvoll an. „Laß zwischen den einzelnen Tierherden immer einen Zwischenraum. Wenn die erste Karawane in Esaus Lager anlangt, soll der Führer zu Esau sagen: ‚Diese Herde gehört deinem Diener Jakob. Sie ist ein Geschenk für seinen Bruder Esau. Jakob wartet sehnsüchtig darauf, dir persönlich zu begegnen!'"

Obwohl Lea Omris Gesichtsausdruck nicht genau sehen konnte, hörte sie an seiner Stimme, daß er schmunzelte. „Ich werde die erste Gruppe führen", meinte er denn auch lächelnd. „Ich werde diese Worte jedes Mal wiederholen, wenn eine Herde in sein Lager einzieht. Nach dem letzten Geschenk dürfte er dann auch ziemlich beeindruckt sein. Wenn das seinen Zorn nicht besänftigt, wird wohl nichts dazu imstande sein!"

Die beiden Männer verschwanden in der Dunkelheit, und Lea blieb allein zurück. Seltsam! Sie sprach von Ruben wie von einem Mann. Dabei war er erst vierzehn und hatte noch nicht einmal einen Bart. Aber verhielt er sich nicht wie ein Mann? Er erinnerte sie an Jakob – so wie er damals nach Haran gekommen war. Eine unendlich süße Erinnerung für sie.

Lea wandte sich um und ging ins Zelt hinein. Noch immer schlief Jakob friedlich. Lea hatte zwei Teppiche aufgerollt und sie vorsorglich links und rechts neben ihn gelegt. Sie hatte getan, was sie nur tun konnte. Jetzt war nur noch wichtig, daß der „Mann", mit dem Jakob gekämpft hatte, am nächsten Tag bei ihnen war. Nein, nicht Jakob. Israel! Lea lächelte, als sie sich neben ihren Mann zum Schlaf niederlegte. Israel! Endlich war er seinem Gott von Angesicht zu Angesicht begegnet.

Im sanften Morgenlicht des nächsten Tages kniete Lea neben dem Lager ihres Mannes.

„Guten Morgen, Lea", begrüßte er sie mit kräftiger Stimme. „Ist Rahel gut in ihrem Lager angekommen?"

Rahel! Schon wieder Rahel! In der Hoffnung, ihre Augen würden sie nicht verraten, lächelte sie Jakob an und entgegnete: „Rahel ist sicher und wohlauf, Israel – so wie wir alle."

„Ich freue mich, daß du dich an meinen neuen Namen erinnerst."

„Ich werde dich jetzt immer Israel nennen, wenn du das so willst. Es ist ein guter Name."

Lea ließ ihre Finger prüfend über sein Hüftgelenk gleiten, wo es mit dem Gürtel gebunden war, den Jakob gestern getragen hatte. Alles war noch schön fest, an Ort und Stelle. Wenn er noch ein oder zwei Tage ruhen könnte, würde er wohl schon in einer Woche wieder gehen können. Aber – angeblich sollte Esau schon heute im Lager ankommen.

Lea lächelte ermutigend und unbeschwert: „Heute ist ein großer Tag, Israel! Dein Bruder kommt zu dir. Es wird ein ganz besonderer Tag für dich sein!"

„Ich weiß. Es wird ... gut sein, ihn wiederzusehen."

Wie hilfesuchend griff Jakob nach ihren Händen. Zwischen Lea und ihm herrschte dieses Verstehen auch ohne Worte. Irgend etwas war gestern passiert, etwas von großer Tragweite. Das war Lea inzwischen klar. In der Dunkelheit jenes frühen Morgens hatte Gott ihr Leben berührt. Sie beide wußten, daß diese Begegnung alles verändert hatte, was bisher gewesen war. Jakobs neuer Name war nur ein Zeichen für dieses Neue.

Esau erreichte das Lager in Mahanajim am Nachmittag dieses Tages. Zu dem Zeitpunkt war Jakob bereit, seinem Bruder zu begegnen. Die Vorbereitungen für dieses Treffen waren chaotisch gewesen, aber in all dem aufgeregten Durcheinander hatten Jakob und Lea die Angst Rahels, der Knechte und Mägde und ihrer Söhne einfach weggelacht. Ihre Fröhlichkeit und ihre Zuversicht wirkten ansteckend, und schon bald sahen alle im Lager dem Eintreffen Esaus mit freudiger Spannung entgegen.

Jakob begegnete seinem Bruder am Rande des Lagers. Sie hatten für Jakob einen Sitz gebaut, und so saß Jakob bequem, auch wenn er sich nicht bewegen konnte.

Hinter ihm stellte sich in einem Halbkreis seine Familie auf. Unmittelbar neben Jakob standen Rahel mit dem kleinen Josef im Arm, dann Lea mit dem Töchterchen Dina und den sechs

Söhnen. Daneben schließlich die beiden Leibmägde mit ihren Kindern.

Welchen Eindruck würde wohl dieses Bild auf Esau machen, fragte sich Lea unwillkürlich. Eine Gruppe hilfloser Menschen mit Frauen, kleinen Kindern und einem Mann im Mittelpunkt, der nicht einmal laufen konnte. Konnte Esau bei einem so friedvollen Anblick anders als friedvoll sein?

Als schließlich Esau und seine bewaffneten Begleiter in das Lager einritten, verstummte Jakobs Familie. Ihre frohe Gelassenheit geriet angesichts des kriegerischen Aussehens der Männer um Esau nun doch erheblich ins Wanken. Wieviele Männer mochten das sein? Zwanzig, vielleicht noch ein paar mehr, überlegte Lea. Nur sie und Jakob wirkten unverändert zuversichtlich. Lea entging nicht die Angst der anderen, dies könnten die letzten Augenblicke ihres Lebens sein.

Wenn sie doch nur Esau erkennen könnte. Aber schließlich hatte sie es ein Leben lang geübt: sich in lebhaften Bildern vorzustellen, was sie nicht sehen konnte. Welches Bild bot sich ihr nun dar? Sie sah einen grimmigen großen Mann mit einem starken Bart und zotteligen roten Haaren. Er trug einen Bogen, die Waffe des Jägers. Esau erschien ihr stark genug, Jakob und dessen Familie auch ohne die Mithilfe seiner bewaffneten Begleiter zu töten.

Ein wenig, wirklich nur ganz wenig begann nun auch Lea der Mut zu sinken. Sie flüsterte leise vor sich hin: „Israel!" Vielleicht würde ihr ja dieser neue Name helfen, ihre Zuversicht wiederzugewinnen.

„Jakob!" Ein rauher Schrei drang aus Esaus Kehle. Noch war er etwa dreißig Schritte von ihnen entfernt. „Mein Bruder!" Esau lief hastig auf sie zu, dröhnend und sehr geräuschvoll.

„Was ist passiert?" fragte Lea angstvoll ihren Sohn Ruben.

Ruben antwortete mit einem kurzen Auflachen: „Er umarmt gerade Vater! Was für eine wilde, ungestüme Umarmung!"

Wieder stellte sich Lea dieses Bild vor: Der rotbärtige riesige Mann, der sich zu Jakob herabbeugte, um ihn in die Arme zu schließen – und ihr Mann, der sich wie in einer Schlinge wand. Lea hörte Stöhnen. Würde der Hüftknochen wieder aus dem Gelenk springen?

„Wie gut ist es, dich wiederzusehen, mein Bruder!" Unüberhörbar das Glück, die Freude in Jakobs Stimme.

Esau lachte, laut und lange. „Ich hoffe, ich habe dir in meinem Überschwang nicht wehgetan. Dein Diener Omri hat mir von deiner Verletzung erzählt. Ist es schlimm?"

„Nein! Nur ein ausgerenkter Gelenkknochen! In ein paar Tagen werde ich wieder gehen können. Und geht es dir gut?"

„Gut genug!" Esaus Benehmen war rauh, aber freundlich, fast liebevoll. Jetzt wandte er sich um und starrte mit unverhüllter Neugier die um Jakob versammelte Gruppe an. „Und wer sind diese Leute?" fragte er lauthals.

„Meine Familie." Jakob rief jeden nach vorn und stellte alle seinem Bruder vor.

„Wie ich sehe, hast du zwei Frauen, zwei Nebenfrauen, elf Söhne und eine Tochter", zählte Esau lachend. „Ich kann es nicht leugnen – du bist sehr tüchtig gewesen, mein Bruder!"

„Gott hat mich gesegnet", entgegnete Jakob.

„Was ist mit den Herden, denen ich auf meinem Weg zu dir begegnet bin? Gehören sie auch zu dir?"

„Nein, Esau! Sie gehören dir! Sie sind mein Geschenk an dich."

„Du bist sehr freundlich, Jakob. Aber ich brauche deine Herden nicht. Ich habe selbst viele Tiere. Behalte sie nur!"

„Bitte, nimm die Herden an", bat Jakob. „Ich möchte sie dir schenken. Ich möchte dir auf diese Weise dafür danken, daß ich ... äh ... dein freundliches Gesicht sehen kann."

Esaus Lachen klang laut und herzlich. „Mein freundliches Gesicht! Du hast gedacht, ich wäre noch immer zornig. Stimmt's?" Und wieder schüttelte er sich geradezu vor Lachen.

Doch schon im nächsten Augenblick wurde Esaus Miene sehr ernst. „Komm mit mir nach Hause, Jakob", bat er. „Meine Männer und ich werden dir bis ins Land Seir das Geleit geben. Dort dürft ihr als meine Gäste bleiben, solange ihr wollt."

Lea erschrak. Würde Jakob klug genug sein, diese Einladung

abzulehnen? Er kannte doch den aufbrausenden Charakter seines Bruders. Wie schnell würden sie sich streiten, wie schnell Esaus herzlicher Humor in leidenschaftliche Auseinandersetzungen umschlagen.

Jakob lächelte Esau fröhlich an. „Ich danke dir für deine Einladung, mein Bruder. Aber wie du siehst, sind einige meiner Kinder noch recht klein, und unter den Herden sind sehr viele Jungtiere. Wenn sie so weit wandern müßten, würden sie sterben. Zieh du uns voran! Wir werden dir folgen, so schnell wir können."

Lea nickte zufrieden. Jakob war sehr klug vorgegangen. Er hatte die Einladung nicht rundheraus abgelehnt, sie aber auch nicht angenommen.

„Nun gut", erwiderte Esau verständnisvoll. „Aber dann erlaube mir wenigstens, dir einige meiner Männer als Hilfe und zu euerm Schutz dazulassen."

„Auch das wird nicht nötig sein, mein Bruder! Aber ich danke dir für deine Freundlichkeit. Ich denke, wir werden gut allein zurechtkommen."

„Wenn du es so willst ... Dann werde ich dir für heute Lebewohl sagen."

Lea hörte Jakob aufstöhnen und wußte, daß ihr Mann sich verzweifelt bemühte, eine erneute Umarmung seines Bruders zu überleben. Ein letztes Abschiedswort, dann wandte sich Esau um. Er und seine Männer gingen mit schnellen Schritten davon.

Die ganze Begegnung hatte nur ein paar wenige Minuten gedauert. Aber sowohl Esau wie Jakob wußten nun, woran sie waren. Esau war ein Mann der Tat. Herumsitzen und Wortgeplänkel waren seine Sache nicht. Ob er und Jakob sich je wieder begegnen würden?

Esau und seine Männer waren nicht mehr zu sehen – und nun kam Leben in Jakobs Familie. Alle drängten sich dicht an ihn.

„Wir sind gerettet!" rief Rahel, und Lea konnte sich vorstellen, wie sie strahlte, wie man die Grübchen in ihren alles und jeden entzückenden Wangen sah. „Jakob, ich bewundere dich! Du warst großartig! Jetzt ist alles wieder in Ordnung!"

Nun, auf jeden Fall würde ihre Umarmung Jakobs Hüftknochen nicht so in Bedrängnis bringen wie die seines Bruders.

Als Lea zu ihm trat, ergriff er ihre Hand. „Alles ist so gewesen, wie wir es erwartet haben, nicht wahr, Lea?" Der feste innige Druck seiner Hand beglückte sie.

„Ja, Israel!"

„Bitte befiehl den Knechten, daß sie mich für diese Nacht in Rahels Zelt tragen. Wenn Esaus Umarmungen das Gelenk nicht ausgerenkt haben – was sollte es dann schaffen?"

Hastig wandte sich Lea um. In diesem Augenblick hätte Jakob nicht in ihren Augen lesen dürfen.

„Jawohl, Israel!" murmelte sie und lief davon.

Die Sonne versank hinter den Bergen, als Lea vor ihrem Zelt saß. Allein. Jakob war bei Rahel. Wieder einmal! Wie gut, daß Rahels Zelt mehr als einen Kilometer weit entfernt aufgeschlagen war. Sie hätte es nicht ertragen – das zärtliche Geplänkel, das sanfte Murmeln, das erhitzte Gelächter ...

Der kühle Abendwind strich über Leas Stirn. Schon seit langem hatte sie sich mit ihrer Rolle innerhalb der Familie Jakobs abgefunden – hatte sich abfinden müssen. Sie kannte ihre Stellung. Und das war gut so.

Bald würden sie nach Hause gehen – in ihre neue Heimat, in das Land Kanaan, das Erbteil Israels. Lea schien es klarer als ihr Mann zu sehen, was dieses Erbteil bedeutete, was es mit einschloß und wie Esaus Einwilligung es absicherte. Israel hatte jetzt elf Söhne, und sie würden die Erben der Verheißung sein: der Verheißung, daß durch sie und ihre Nachkommen alle Geschlechter der Erde gesegnet würden.

„Gute Nacht, Israel! Schlafe gut!" flüsterte Lea in den Abendwind.

12

Jakob sah Esau niemals wieder. Wohl das geeignetste Mittel, den Frieden und die Liebe zwischen den Brüdern zu erhalten. Doch Jakob ließ es nie zu einer vollständigen Trennung von Esau kommen. Er hörte von dessen wachsender Familie und dessen immer größer werdendem Reichtum. Die Herden, die Jakob ihm geschenkt hatte, ließen Esau zum wohlhabendsten Mann in Seir werden.

Jakob führte seine Familie und seine Viehherden durch den Fluß Jordan und ließ sich zunächst nahe der Stadt Sichem nieder. Später wollte er nach Beerscheba ziehen, wo sein Vater Isaak so viele Jahre gelebt hatte. Doch vorerst wohnten sie in dem nördlichen Teil des Landes Kanaan.

Die Bewohner des Landes zeigten sich gastfreundlich – oder es schien ihnen zumindest geraten, sich so zu verhalten. Jakobs Söhne gaben sich inzwischen mehr als kriegerisch. Lea spürte es jeden Tag mehr, wie ihr die Kontrolle über ihre Söhne entglitt. Früher hatten sie nichts ohne ihren Rat getan. Aber jetzt trafen sie eigenmächtig ihre Entscheidungen – vor allem Ruben –, wenn es um die Viehweiden ging, um die Aufzucht von Jungtieren. Nicht einmal ihren Vater fragten sie um Rat.

Eines Tages, als die jungen Männer auf den Feldern arbeiteten, kam Jakob in Leas Zelt.

„Guten Morgen, Lea!" Seine Stimme klang fröhlich wie immer, aber das Grau in seinen Haaren und in seinem Bart verriet das nahende Alter. Immer länger wurde die Zeit, die er in den Zelten statt draußen auf der Weide verbrachte.

„Oh, Israel!" Lea nannte ihn immer mit diesem Namen – allerdings nur sie allein. Niemand außer ihr schien die Bedeutung dieses Namens zu erfassen. „Und wo ist dein Lieblingssohn heute?"

„Ich habe ihn zu Juda aufs Feld geschickt. Er soll eine Nachricht überbringen. Spätestens morgen müßte er wieder zurück sein."

Es war seltsam, mit welcher Selbstverständlichkeit Jakob seinen vierten Sohn Juda als Führerpersönlichkeit akzeptierte. Und doch – so abwegig war es auch wieder nicht, überlegte Lea. Seine Brüder wandten sich häufig an ihn. Ruben war zu sanft und Simeon und Levi zu impulsiv. Nur Juda verfügte über die Qualitäten, sich bei diesen wilden jungen Männern Respekt zu verschaffen.

Lea runzelte die Stirn. „Du mußt mit Josef sprechen, Israel. Auch wenn er dein Liebling ist, braucht er damit nicht unentwegt vor seinen Brüdern zu prahlen!"

Jakob hockte sich neben Lea auf den Teppich. „Mach dir um Josef keine Sorgen. Niemand wird ihm etwas tun. Jeder weiß, daß er mein Lieblingssohn ist."

„Aber unsere Söhne sind unberechenbar! Wer kann auch nur ahnen, was sie noch anstellen werden!?"

„Da hast du recht!" Unruhig zupfte Jakob an seinem grauen Bart. „Gestern erst haben sie einen Knecht der Hiwiter getötet; und das nur, weil er ein paar Schafe vor unseren Tieren zur Wasserquelle geführt hat."

„Oh, das kann Ärger geben. Was passierte danach?"

Fast mit einem Anflug von Stolz sagte Jakob: „Juda hat ein Geschenk an Hamor, den Hiwiter, geschickt. Nach Sichem. Vier Kamele – ein männliches und drei weibliche Tiere. Das müßte den Frieden wiederherstellen. Aber ich denke, niemand hier in der Gegend will Schwierigkeiten heraufbeschwören. Nicht mit unseren Söhnen."

Lea schüttelte den Kopf. „Der Ärger, falls es welchen gibt, wird nicht von den Hiwitern kommen. Unsere Söhne werden ihn machen. Besonders Simeon und Levi. Du weißt, wie sie sind."

Jakob nickte langsam. „Ja! Aber ich denke, ich habe eine Lösung für dieses Problem."

„Und die wäre?"

„Der Sohn des Hiwiters Hamor – er heißt Sichem, so wie ihre Stadt – braucht eine Frau. Warum geben wir ihm nicht unsere Tochter?"

„Ja, das wäre eine gute Lösung – falls Dina einverstanden ist." Jakob reagierte wütend. Scharf und unerbittlich sagte er: „Wir werden sie verheiraten! Ob sie es nun will oder nicht! Hier bei uns ist sie zu nichts nütze. Und außerdem – dieser junge Sichem ist ein gutaussehender Bursche, und sein Vater ist reich. Er nennt sich König der Hiwiter. Dabei dürfte er nicht einmal wissen, was ein richtiger König ist!"

Lea senkte den Blick und starrte auf den Teppich, auf dem sie saß. Jakob war also nicht bereit, seine Tochter bei der Wahl ihres Ehemannes auch nur anzuhören! Aber Dina mußte heiraten – und zwar schon bald. Sie war jetzt schon ein paar Jahre über das heiratsfähige Alter hinaus. Nicht mehr lange, dann würde kein Mann sie mehr als Braut annehmen.

Jakob schaute sich um. „Wo ist Dina?"

„Ich weiß es nicht", antwortete Lea. „Sie ist früh am Morgen fortgegangen. Manchmal bleibt sie den ganzen Tag lang weg. Ich weiß wirklich nicht, wohin sie geht."

„Nun gut! Wenn du sie siehst, berichte ihr von unseren Plänen. In der Zwischenzeit werde ich selbst mit diesem ‚König' verhandeln." Höhnisch, fast verächtlich klang es, wie Jakob das Wort „König" aussprach. „Vielleicht kann ich ja einen angemessenen Brautpreis aushandeln."

Jakob erhob sich langsam, mühselig.

„Ich denke", sagte er im Hinausgehen, „wir sollten unsere Tochter innerhalb des nächsten Monats mit diesem jungen Mann verheiraten. Jawohl! So könnten wir verhindern, daß es zwischen unseren Söhnen und den Hiwitern zu Streitigkeiten kommt."

Lea lag schlaflos in ihrem Zelt und wartete auf Dina. Noch immer war sie nicht zurückgekehrt. Das sah Dina überhaupt nicht ähnlich. Sicher, sie war oft den ganzen Tag über weggewesen, aber abends war sie bisher immer zurückgekommen.

Am Morgen befahl Lea ihrer Magd Silpa, Jakob vom Verschwinden Dinas zu berichten. Silpa war nach wenigen Minuten wieder da und sagte, Jakob sei gestern nach Sichem gewandert und würde heute zurückkehren. Ganz offensichtlich verlor er keine Zeit, einen Ehemann für seine Tochter zu finden.

Weder Jakob noch Dina kamen an diesem Tag in Leas Zelt, aber das beunruhigte sie nicht sonderlich. Zumindest vorerst noch nicht.

Am Morgen des nächsten Tages kehrte Jakob zurück – allein.

Lea saß in der Morgenfrische auf der Matte vor ihrem Zelt und genoß die ersten Sonnenstrahlen. Die Besorgnis in Jakobs Stimme ließ sie plötzlich hellwach werden.

„Was ist geschehen, Israel? Wo ist Dina?"

„Sie ist ... sie ist in Sichem." Er setzte sich neben Lea auf die Matte.

„In Sichem? Warum?"

„Sie ... sie ist mit dem Jungen verheiratet."

„Was sagst du da?" rief Lea ungläubig.

Jakob seufzte. „Ja, so ist es! Ich habe sie gestern offiziell verheiratet. In Anwesenheit seines Vaters Hamor habe ich ihre Hand in die Hand des jungen Mannes Sichem gelegt. Dabei bestätigte ich ihre Jungfräulichkeit, womit ich bei Hamor aber nur lautes Gelächter auslöste. Offenbar treffen sich Dina und Sichem schon eine geraume Weile."

„Oh!" Lea spürte eine plötzliche Kälte in sich aufsteigen. Wie konnte das passieren? Sie und Dina waren doch so eng miteinander verbunden. Lea hatte sich eingebildet, jedes Geheimnis ihrer Tochter zu kennen. Hatte sich Dina ihr doch immer rückhaltlos anvertraut. Lea schüttelte fassungslos den Kopf und biß sich auf die Lippen. Tränen liefen ihr über das Gesicht.

Jakob nahm ihre Hand. „Mach dir keine Vorwürfe, Lea! Dina hat sich seit Monaten heimlich, ohne unser Wissen, mit dem jungen Mann getroffen. Wie gut, daß es noch so ausgegangen ist."

„Israel, wie kannst du so etwas sagen!" protestierte Lea. „Unsere Tochter ..."

Jakob lachte verächtlich. „Unsere Tochter hat sich herumgetrieben – wie eine von den Kanaaniterinnen. Sie ist nicht besser als sie. Vielleicht wird der junge Mann sie mit einem Stock bearbeiten, wie es alle Hiwiter mit ihren Frauen tun. Sie hätte das verdient, und zwar schon seit langem!"

„Israel, bitte!" Leas Stimme war nur noch ein Flüstern. Sie zitterte, und Tränen strömten ihr über das Gesicht.

Jakobs Stimme bekam einen weicheren Klang. „Es tut mir leid, Lea! Ich wollte dich nicht kränken. Ich weiß, wieviel dir Dina bedeutet. Aber vielleicht ist es so am besten."

„Wissen unsere Söhne davon?"

„Ja! Ich habe Simeon und Levi auf dem Rückweg getroffen und habe es ihnen erzählt. Sie werden es den anderen sagen. Dann habe ich sie darum gebeten, Josef zu den Zelten zurückzuschicken. Ich mag es nicht, wenn er sich solange draußen auf dem Feld aufhält, auch wenn er schon zehn Jahre alt ist ..."

„Simeon und Levi!" Lea schaute ihren Ehemann voller Verzweiflung an.

„Oh, Israel, bitte! Laufe sofort und so schnell du kannst hinaus auf das Feld und suche unsere Söhne! Du weißt, wozu sie imstande sind! Bitte!"

„Beunruhige dich doch nicht, Lea! Sie werden schon nicht ..." Jakob sah ihr in die Augen. „Also gut! Ich werde gehen, wenn du es unbedingt willst. Aber ..."

„Beeile dich!" drängte Lea. „Vielleicht ist es schon zu spät!"

Jakob kehrte weder an diesem noch am nächsten Tag zu den Zelten im Tal am Fluß zurück. Am dritten Tag kam Josef. Allein.

„Mutter Lea!" Der Junge stürzte in das Zelt, in dem Lea auf dem Teppich saß. Das schwarze krause Haar über dem runden engelsgleichen Gesicht war zerzaust und verschwitzt.

„Was ist los, Junge?"

„Vater schickt mich. Ich soll dir sagen, daß jetzt alles in Ordnung ist. Sie haben mit den Hiwitern in Sichem einen Vertrag geschlossen. Die werden sich alle beschneiden lassen!"

Lea meinte, ohnmächtig zu werden. „Beschneiden? Woher weißt du das?"

Josef ließ sich neben Lea auf den Teppich fallen, und jetzt konnte sie sein Gesicht sehen. Der Junge lachte spitzbübisch. Und zwei Grübchen in seinen Wangen bezauberten jeden, der ihn ansah.

„Also, Simeon und Levi kamen in unser Lager zurück und berichteten von Dinas Heirat. Sie redeten von ‚Vergewaltigung‘ und daß sie die Hiwiter angreifen und alle umbringen wollten. Aber Ruben verbot es ihnen und sagte, Vater würde das niemals gutheißen. Da hatte Juda eine Idee. Er und Ruben marschierten nach Sichem und schlossen einen Handel mit diesen Hiwitern ab. Sie könnten jemanden aus unserer Familie erst dann heiraten, wenn sie sich alle beschneiden ließen. Und das haben die dann auch gemacht. Sofort! Als Vater in unserem Lager ankam, war alles schon geschehen. Was hältst du davon?“

Lea wurde es etwas leichter ums Herz. Beschneidung! Ruben und Juda hatten damit das blutrünstige Vorhaben ihrer hitzköpfigen Brüder vereitelt. Die Hiwiter waren nun zu Nachfolgern des Gottes Jakobs geworden. Wobei es den Hiwitern mit Sicherheit ziemlich gleich war, welchem Gott sie nachfolgten. Um so mehr aber bedeutete das den Söhnen Israels. Nachdem aber die Hiwiter Anhänger des Glaubens Jakobs geworden waren, mußten sie jeden Gedanken an Rache von sich weisen, und die beiden Gruppen konnten in Frieden miteinander leben.

„Ich danke dir, Josef! Das sind gute Nachrichten.“

Lea legte ihre Hand auf Josefs Arm. „Hast du es schon deiner Mutter erzählt?“

„Nein! Ich bin gleich zu dir gekommen, weil ich wußte, wie wichtig es für dich war.“

Lea lächelte ihn an. „Das ist lieb von dir. Aber jetzt lauf zu deiner Mutter. Sie wird sich freuen, dich zu sehen.“

„Oh, Mutter macht sich immer Sorgen um mich. Ich weiß überhaupt nicht, warum. Wo ich doch Gottes Liebling und Vaters Lieblingssohn bin!“

Der Junge sprang auf und lief aus dem Zelt.

Lea seufzte. Josef! Man mußte den Jungen liebhaben, mochte er auch noch so selbstgefällig, ja hochmütig sein. Sie lächelte. Zumindest folgte er dem Gott seines Vaters und nicht Rahels Hausgott. Woran Lea nicht ganz unschuldig war, denn sie hatte während der letzten Jahre viel Zeit mit Josef zugebracht. Jakob hatte es seinem Lieblingssohn nicht erlaubt, schon mit fünf Jahren auf das Feld hinauszugehen – so wie seine Brüder es getan hatten. Also hielt sich Josef oft in Leas Zelt auf, und sehr oft hatten die beiden lange Spaziergänge unternommen. Lea hatte ihn am Ärmel gehalten, und der kleine Josef war so ihr Führer gewesen. Während dieser Wanderungen hatte sie ihm viel von dem großen und guten Gott erzählt, dem sie nachfolgten.

Josef war gescheit, hatte einen wachen Geist und war zudem so hübsch und wohlgestaltet, daß es Lea nicht schwerfiel, ihr Versprechen zu halten, ihn wie ihre eigenen Söhne zu lieben. Und jetzt, nachdem Dina von ihr gegangen war, würde sich ihre Bindung an Josef noch enger gestalten. Jedenfalls hoffte es Lea!

Dina war nicht mehr bei ihr!

Zum ersten Mal erfaßte Lea das ganze Ausmaß dieser Veränderung. Sie hatte sich Sorgen gemacht, und war dann erleichtert gewesen, als Josef ihr von der Beschneidung der Hiwiter berichtet hatte. Aber jetzt wurde ihr mit aller Unerbittlichkeit klar: Sie war allein! Ihre wunderschöne Tochter war für immer von ihr gegangen! Ihre Dina, die ihr immer ein so fröhlicher, herzlicher und liebevoller Weggefährte gewesen war. Jetzt war sie allein zurückgeblieben.

Aber nein! Das stimmte nicht. Da war immer noch Josef. Nur, würde er nicht bald auf die Felder gehen? Und Israel? Er würde ihr immer bleiben – auch wenn sie ihn mit Rahel teilen mußte.

Lea lächelte. Selbst dieser Gedanke war ihr mit den Jahren erträglicher geworden. Besonders jetzt. Israel wurde älter. Er verbrachte zwar noch immer seine Nächte in Rahels Zelt. Aber mehr und mehr blieb er tagsüber bei Lea. Die Kameradschaft, die sie schon seit Jahren verband, gestaltete sich immer beglückender und schöner. Altwerden, so sagte sich Lea, kann nicht so schlimm sein, wenn man jemanden hat, mit dem man zusammen alt wird!

Am nächsten Morgen kam Josef in Leas Zelt, um sie zu einem frühen Spaziergang abzuholen. Er nahm ihre Hand und geleitete sie zum Fluß. Nicht zum ersten Mal. Lea schätzte diese Zeit beinahe so sehr wie ihre gemeinsamen Spaziergänge. Josef schien es ebenso zu gehen.

Sie würden schon bald zum Zelt zurückkehren müssen. Es war die trockene Jahreszeit, und die unbarmherzige Sonne würde Leas empfindliche Haut verbrennen, falls sie zu lange draußen blieb. Lea atmete die staubige Luft ein und spürte dabei die Feuchtigkeit des Flusses. Sie lauschte dem Quaken der Frösche und beobachtete, wie sie ins Wasser sprangen und untertauchten, um den zwei in ihr Gebiet einfallenden Menschen zu entkommen.

Lea freute sich immer über Josefs Fröhlichkeit. Eben unterhielt er sie mit einer Geschichte über ein paar Frösche, die sie bis auf den schlammigen Boden des Flusses verfolgt hatten. Aber Lea wurde ernst, als sie merkte, was das für eine Geschichte war.

„Und dann war da ein kleiner Frosch", erzählte Josef eifrig. „Er saß auf der Uferböschung, und die Sonne schien auf ihn. Und alle anderen Frösche – alle zehn – schauten auf ihn und verneigten sich vor ihm, denn er war der größte Frosch im ganzen Strom!"

„Josef!" rief Lea scharf; schärfer, als sie beabsichtigt hatte. Aufmerksam sah Josef Lea an.

„Ja, Mutter Lea? Habe ich etwas falsch gemacht?"

Lea zögerte, runzelte die Stirn. Wie sollte sie es ihm sagen? „Josef, hör mir zu! Ich weiß genau, was du meinst. Du darfst so etwas nicht sagen. Nicht zu mir, nicht zu deiner Mutter und deinem Vater und erst recht nicht zu deinen Brüdern!"

„Aber warum nicht, Mutter Lea? Es stimmt doch, wirklich!"

Lea hielt den Atem an. Schon oft hatte Josef davon gesprochen. Der Junge glaubte ganz fest daran, daß er eines Tages über seine zehn Brüder herrschen würde.

„Ob es nun wahr ist oder nicht, du darfst es nicht sagen! Kannst du dir nicht denken, wie ein solches Gerede auf deine Brüder wirkt? Sie müssen ja neidisch auf dich sein! Sie könnten dir etwas antun ..."

„Mach dir um mich keine Sorgen, Mutter. Gott ist bei mir. Ich bin schließlich der Erbe der Verheißung. Wenn Gott all die Jahre für Vater gesorgt hat, ihm kein Esau und kein Laban etwas anhaben konnten, dann wird Gott auch für mich sorgen."

„Aber Josef ..."

Lea stockte, als sie Schritte auf dem Weg herannahen hörte. Es waren Jakobs Schritte. Also war er zu Hause. Aber warum? War etwas passiert?

„Es ist Vater!" rief Josef fröhlich aus. „Er ist zurück!"

„Lea!"

Als sie Jakobs Stimme hörte, wußte Lea, daß Schlimmes geschehen sein mußte. Voll banger Erwartung ging sie auf ihn zu.

„Josef", sagte Jakob ernst, „geh zu den Zelten. Ich möchte allein mit Lea sprechen."

Der Junge sah verdutzt drein, aber er gehorchte. Seine Schritte verklangen in Richtung der Zelte.

„Was ist geschehen, Israel?"

Jakob antwortete nicht gleich. Er hielt Leas beide Hände. Als er endlich sprach, zitterte seine Stimme. „Lea! Furchtbares ist geschehen!"

„Was? Sage mir, was?"

Jakob mühte sich, die richtigen Worte zu finden.

„Simeon und Levi ... du weißt, was sie von diesen Hiwitern in Sichem halten. Sie haben ... sie haben sie erschlagen!"

„Alle?" brachte Lea gequält hervor.

„Alle Männer."

„Und ... Dina?"

„Sie haben sie weggebracht. Ich weiß nicht, wohin. Sie haben die Stadt geplündert, alles geraubt, was einen Wert hatte und den Rest verbrannt. Die Frauen und Kinder haben sie in die Sklaverei verkauft."

„Aber – wie konnte so etwas Entsetzliches geschehen?"

Tief holte Jakob Atem.

„Die Hiwiter hatten der Beschneidung zugestimmt. Die ganze Stadt. Sie haben sich alle beschneiden lassen. Und während sie sich von der Prozedur erholten, kamen in der Nacht Simeon und Levi und töteten alle Männer in der Stadt."

„Aber Dina? Wo ist sie?"

„Ich weiß es nicht. Ich weiß es einfach nicht. Oh, Lea, es ist so schrecklich!"

„Nein!" Lea warf sich aufschluchzend in Jakobs Arme. „Nein! Nein! Nein!" Sie schrie und weinte fassungslos an seiner Brust.

Seine Arme hielten sie fest. Er sagte kein Wort, aber irgendwie gab er ihr Kraft. Seine Umarmung war das, was Lea in diesem Moment rettete. Jakob durfte sie niemals allein lassen. Nie. Niemals.

Und er tat es auch nicht. Schweigend hielt er sie umfangen. Die Sonne stieg immer höher; ihre Hitze prallte auf die beiden hilflosen, zu Tode erschreckten Menschen. Und noch immer hielt Jakob Lea in seinen Armen, fest und stark.

Als Jakob Lea schließlich zu den Zelten zurückleitete, war sie wieder Herr ihrer Gefühle. Ihre Tochter war fort, ihre Söhne enterbt. Josef, Rahels Sohn, war der Erbe der Verheißung und Rahel die Lieblingsfrau ihres Ehemannes.

Aber sie hatte immer noch Jakob. Oder doch einen Teil von ihm. Den Teil, den sie brauchte. Das gab ihr Kraft und Mut, ihr Leben weiterzuleben.

13

Lea erfuhr niemals etwas von dem Schicksal ihrer Tochter. Levi und Simeon weigerten sich, ihr eine Auskunft zu geben. Lea vermutete, daß sich Dina selbst umgebracht hatte. Aber niemand bestätigte ihre Vermutung.

Nach dem Gemetzel unter den Hiwitern in Sichem beschloß Jakob, das Gebiet zu verlassen. Die Perisiter, die in der Gegend wohnten, hatten begonnen, einige ihrer Städte zu befestigen.

Jakob wußte nicht, ob das bedeutete, daß sie einen Überfall auf seine Familie planten, oder ob sie sich nur vor einem möglichen Angriff durch seine Söhne schützen wollten. Jedenfalls beschloß Jakob, in Richtung Süden aufzubrechen, um sich dann in Beerscheba für immer niederzulassen.

Doch zunächst zog er in die kleine kanaanitische Stadt Lus und errichtete seine Zelte in einem steinigen Tal etwa eineinhalb Kilometer westlich des Ortes.

„Warum denn hier?" fragte Juda erstaunt. „Hier gibt es ja kaum genug Wasser für die Menschen, von den Herden ganz zu schweigen. Wir werden weit nach Süden ziehen müssen, um Weideland zu finden."

„Ich weiß", antwortete Jakob. „Ich habe hier haltgemacht, weil der Ort kostbare Erinnerungen für mich birgt. Du und deine Brüder, ihr könnt schon mit den Herden weiterziehen. In der Nähe von Efrata werden wir auf euch treffen."

Judas Stimme klang ruhig und zuversichtlich. „Wir brechen jetzt gleich auf, bevor unsere Herden das Wasser aufwühlen und für euch ungenießbar machen."

„Nein!" Jakob dachte einen Moment nach. „Zieht morgen weiter! Heute laßt uns hier einen Altar errichten und ein Opfer bringen, wie es mein Vater Isaak getan hat."

Juda blickte seinen Vater verwundert an, aber Lea verstand. Jakob hatte ihr davon erzählt, daß er an eben diesem Ort seine erste Begegnung mit dem Gott gehabt hatte, dem er diente. Als er vor vielen Jahren auf der Flucht vor seinem Bruder Esau war, hatte er hier Rast gemacht und dabei von einer Leiter geträumt, an deren Spitze Gott stand. Diese Vision war ihm die Bestätigung für Gottes Verheißung gewesen, daß durch Jakob und seine Nachkommen alle Geschlechter der Erde gesegnet würden.

Jakob führte sie zu dem Stein, den er damals zum Gedenken an dieses Erlebnis gesetzt hatte. Der Stein stand auf einem felsigen Hang, von dem aus man das Tal und den kleinen Fluß überblicken konnte. Es sah so aus, als habe die Hand eines Riesen diesen Stein aufgerichtet. Das hätte Jakob doch niemals allein schaffen können! Aber er behauptete, es getan zu haben.

Jakob befahl nun seinen Söhnen, aus jeder Herde das beste Tier für das Opfer auszuwählen.

Bald darauf trieben die jungen Männer eine bunte Herde von Tieren zum Altar: Ochsen, Schaf- und Ziegenböcke, sogar ein Kamel. Jakob betrachtete jedes Tier genau und entschied, ob es zum Opfer für Gott geeignet sei.

Er stand vor dem riesigen Stein und hielt das Messer in der Hand, eine warme Brise verwehte seinen langen grauen Bart und sein Haar. Um ihn herum scharte sich seine gesamte Familie: seine Söhne, seine Ehefrauen, die Nebenfrauen, Knechte, Mägde und Hirten. Alle schwiegen. Nur die Tiere schrien. Sie blökten erregt, als ahnten sie, was ihnen bevorstand.

Jakob hatte in einer Felsspalte in der Nähe des Altars ein großes Feuer angezündet. Lea bemerkte den Rauchgeruch in der Luft.

Jetzt sprach Jakob, und der Klang seiner kräftigen Stimme reichte bis ins Tal hinunter.

„Das ist wahrhaftig das Haus Gottes, der Ort, an dem Gott wohnt. Ich bin Israel, der mit Gott gekämpft hat. Und hier, an diesem heiligen Ort, erneuere ich meinen Schwur gegenüber dem Gott meiner Väter, Abraham und Isaak, denn er hat mir dieses Land gegeben, mir und meinen Nachkommen. Durch uns werden alle Geschlechter auf Erden gesegnet sein!"

Lea hörte aufmerksam zu, und es entging ihr nicht, welch tiefen Eindruck diese Worte auf Jakobs Söhne machten. Sie fragte sich, ob Ruben noch immer davon ausging, daß er als der älteste Sohn das Erstgeburtsrecht bekommen würde – zusammen mit der Verheißung, die damit einherging. Vielleicht bezog auch Juda die Aussage Jakobs auf sich, weil er mehr und mehr die Führung des Familienverbandes übernommen hatte. Und natürlich Josef. Er würde jubeln in der Gewißheit, daß die Verheißung eines Tages ihm zufallen würde.

Doch Jakob war noch nicht fertig. „Jeder, der unserem Gott bisher noch nicht die Treue geschworen hat, soll das jetzt tun. Bringt in den nächsten Tagen alle Götzen hierher, ob sie nun aus Holz sind oder aus Gold, und begrabt sie unter diesem Baum."

Er deutete auf eine mächtige Eiche unterhalb des Platzes. Mit ihrem knorrigen Stamm und den weitüberhängenden Ästen wirkte sie würdevoll und prächtig, wie eine Hüterin dieses Tales.

Warum nur hatte Jakob diese Forderung gestellt? Lea grübelte. Argwöhnte er, daß jemand von der Dienerschaft oder den Hirten aus Haran immer noch seine Hausgötter verehrte? Jakob hatte doch seit jeher gesagt, daß die Beschneidung auch die endgültige Annahme seines Glaubens bedeutete. Oder vermutete er gar, daß Rahel, seine über alles geliebte Frau, noch immer ihrem Hausgott anhing?

„Ruben!" Jakobs Stimme hallte von den Felsen wider. „Bringe das erste Opfer."

Zum ersten Mal in ihrem Leben war Lea glücklich, nicht gut sehen zu können. Sie hörte die rauhen Stimmen der Männer, die Todesschreie der Tiere, ihr ersterbendes Röcheln und hinter sich das Schluchzen der Frauen und Diener angesichts des grausigen Rituals.

Lea zog sich den Schleier ihres Gewandes eng um ihren Kopf, um sich vor der Sonne zu schützen. Die Zeremonie schien überhaupt kein Ende mehr zu nehmen. Und jetzt war noch dieser andere Geruch in der Luft: brennendes Fleisch! Opfer, die dem lebendigen Gott gebracht wurden. Sie wunderte sich über diesen Teil des Rituals. Machte Gott sich ein Fest mit dem geopferten Fleisch? Welch ein Unsinn, das auch nur zu denken. Was aber war der Sinn dieser Opferhandlung?

Überlieferung! Das mußte es sein. Es hatte mit Abraham begonnen, Isaak hatte geopfert, und nun machten das Israel und seine Söhne ebenso. Vielleicht, daß diese handgreifliche Zeremonie die Generationen miteinander verband und ihren Glauben einte.

Und jetzt fiel Lea noch etwas ein. In einigen Religionen, von denen sie gehört hatte, brachte man Menschenopfer – man tötete sogar einen Sohn oder eine Tochter. Das alles in dem Glauben, je schwerer es den Menschen fiel, ein bestimmtes Opfer zu bringen, um so angesehener sei es bei den Göttern. Jakobs Familie hatte so etwas nie getan. Warum? Vielleicht weil die Tiere ein eher symbolisches Opfer waren? Lea beschloß, Jakob gelegentlich danach zu fragen.

Die Zeremonie dauerte bis weit in den Abend hinein, und Lea fühlte sich erschöpft. Die Sonne hatte alle ihre Kraft aufgezehrt. Sie war froh, sich endlich in ihr Zelt zurückziehen zu können.

Am nächsten Tag, während im Lager das übliche Durcheinander, die übliche hektische Betriebsamkeit herrschte, hielt Lea nach ihrer Schwester Ausschau.

„Rahel!" rief sie.

Rahel kam auf sie zu und sah Lea erstaunt an. „Wie kommst du hierher, Lea? Ist es nicht gefährlich, hier herumzuwandern? Du könntest von den Tieren totgetrampelt werden!"

„Silpa hat mich hergebracht. Kein Stier würde es wagen, sie anzugreifen!"

Rahel lachte. Obwohl Lea ihre Schwester nur sehr ungenau sehen konnte, blieb ihr nicht verborgen, wie die Grübchen dem ohnehin makellos schönen Gesicht noch ein beträchtliches Maß an Liebreiz und Anmut hinzufügten. Obwohl bereits in den Vierzigern, hatte sich Rahel ihre Schönheit, die schlanke Figur ihrer Jugendjahre bewahrt, ebenso das fröhliche Temperament ihrer jungen Jahre.

„War das nicht eine gräßliche Zeremonie gestern? Das ganze Blut! Du hättest Jakobs Gewand sehen müssen! Alles voller Blut! Und noch heute ist dieser fürchterliche Geruch nicht daraus zu vertreiben!"

Lea lächelte, als Rahel sie zu dem Teppich führte, und sie setzte sich so bequem wie möglich. Höflich nahm sie auch den Becher Wein entgegen, den Rahel ihr in die Hand drückte, aber sie trank nicht daraus.

Munter setzte Rahel ihr Geplauder fort. Sie erzählte, ein wie schönes Kamel Josef für die Opferhandlung ausgesucht hatte. „Unser bestes Tier", schmollte sie, „wunderbar zu reiten. Ich habe versucht, ihn zu überreden, das alte Kamel zu nehmen, das mich vorige Woche beißen wollte. Aber Josef hat darauf bestanden, es müsse das beste Tier sein, und Jakob hat es ihm bestätigt. Es ist eine Schande ..."

„Rahel!" Lea wußte, daß sie nur dann sagen könnte, weshalb sie hergekommen war, wenn sie den oberflächlichen Redestrom ihrer Schwester gewaltsam unterbrach.

„Was ist, liebe Schwester?"

„Was mir an der Opferzeremonie gefallen hat, war der Teil, als Jakob uns alle aufrief, uns noch einmal Gott und dem Glauben an ihn zu weihen."

Sie hielt inne und merkte erstaunt, daß Rahel schwieg. Also konnte sie weitersprechen.

„Bitte, Rahel! Tu, was er sagt. Begrabe den Hausgott unter der Eiche!"

Spannungsgeladene Stille erfüllte den Raum. Als Rahel schließlich zu antworten versuchte, war ihre Stimme nur ein Flüstern. „Du hast es ihm nicht gesagt, nicht wahr?"

„Nein! Ich habe dir versprochen, es nicht zu tun. Aber wenn er es herausfindet ..."

„Das wird er nicht! Nicht, wenn du es ihm nicht sagst. Bitte, Lea! Ich brauche meine Götter. Ich kann deinen furchtbaren Gott nicht annehmen, den ich weder sehen noch begreifen kann. Bitte, laß nicht zu, daß Jakob mir den Hausgott fortnimmt!"

„Rahel ..."

Und plötzlich lag Rahel neben Lea auf den Knien, schlang ihre Arme um die Schwester. In ihren Augen standen Tränen.

„Bitte, geliebte Schwester! Laß mir meinen Hausgott! Er ist das einzige, was mir von unserer Heimat geblieben ist!"

„Heimat!?" Lea glaubte, nicht recht gehört zu haben. „Deine Heimat ist hier! Bei deinem Mann, bei deinem Sohn! Der Ort spielt keine Rolle. Die Menschen sind das, was die Heimat ausmacht. Außer unserem Vater ist niemand mehr in Haran, und keiner von uns vermißt ihn allzu sehr."

„Du willst mich nicht verstehen!" schluchzte Rahel. „Meine Hausgötter helfen mir! Ohne sie bin ... bin ich nichts. Ein Niemand! Ohne sie hätte ich meinen Sohn nicht und auch nicht Jakobs Liebe oder sonst irgend etwas!"

„Ich verstehe!" Lea bemühte sich, ihrer Stimme einen festen Klang zu geben. Liebevoll legte sie ihre Arme um die Schwester und hielt sie ganz fest.

Lea begriff nur zu gut. Immer noch tobte der Kampf zwischen dem unsichtbaren Gott und den Götzen, die Rahel irgendwo in ihrem Zelt versteckt hielt. Aus Rahels Sicht standen sich die beiden Gottheiten gleichberechtigt gegenüber. Jakobs Gott hatte ihm seinen Reichtum geschenkt, hatte ihn den Streit mit Laban gewinnen lassen und ihn vor dem Zorn seines Bruders Esau bewahrt. Und er hatte ihm viele Söhne geschenkt.

Dem Hausgott dagegen – so zumindest glaubte Rahel – habe sie das zu verdanken, was ihr am meisten bedeutete: Jakobs Liebe und ihren Sohn. Wobei Lea klar war, daß ihre Schwester die wahre Bedeutung dieser beiden Geschenke überhaupt nicht erkannte.

Jakobs Liebe erwies sich ihr darin, daß ihr Mann jede Nacht in ihr Zelt kam. Aus Rahels Sicht der Beweis seiner Liebe schlechthin. Darüber hinaus gab es nichts. Sie war fest davon überzeugt, Jakobs uneingeschränkte Liebe zu besitzen.

„Bevorzugt" war für Rahel ihr Sohn Josef nur in dem Sinne, daß Jakob ihn mehr liebte als alle seine anderen Söhne. Nichts weiter! Unter der Bezeichnung „Erbe der Verheißung" konnte sie sich nichts vorstellen. Und so bedeutete für sie das Erstgeburtsrecht nicht mehr, als daß dem Lieblingssohn nach Jakobs Tod der größte Teil des väterlichen Reichtums zufallen würde. Ihr Sohn Josef würde den Stamm weiterführen: Abraham, Isaak, Jakob – und Josef.

Diese beiden Dinge hatten ihr die Hausgötter gegeben: Jakobs Liebe und den bevorzugten Sohn. Und deshalb waren ihre Götter ebenso stark wie der Gott Leas.

Und noch etwas! Lea erkannte es mit plötzlicher Klarheit, daß ihre Schwester Jakob und seinen Gott niemals begreifen würde. Rahel würde ihn weder verstehen noch annehmen. Und würde man sie dazu zwingen, ihre Götter aufzugeben und einen Gott anzunehmen, den sie nicht verstand, würde das Rahel in Verwirrung stürzen, sie verbittern und sehr wahrscheinlich sogar ihren Haß hervorrufen.

„Laß es gut sein, Rahel", flüsterte sie. „Behalte deinen Hausgott. Ich werde Jakob nichts davon sagen."

„Danke, danke, meine geliebte Schwester!" Rahel hob ihr tränenüberströmtes Gesicht zu Lea auf. „Du weißt nicht, wieviel mir das bedeutet!"

„Ich verstehe es sehr gut", erwiderte Lea. Und ergänzte im stillen: „Wahrscheinlich verstehe ich es sogar besser als du."

14

Am nächsten Tag erschien ein Bote aus der kanaanitischen Stadt Lus, die knappe zwei Kilometer östlich von ihrem Lager entfernt lag. Jakob empfing den Mann voller Freude. Der Bote überbrachte eine Nachricht von einer alten Magd, die früher einmal bei Isaak und Rebekka gelebt hatte. Sie ließ Jakob mitteilen, daß sie ihn gern wiedersehen würde.

Lea begleitete ihren Ehemann bei diesem Besuch. Sie ritt auf einem Esel, und Jakob ging neben ihr her. Ihre Söhne waren mit den Herden in Richtung Süden gewandert; nur Josef war zurückgeblieben, und so konnte er sie nach Lus begleiten.

Während sie sich der Stadt näherten, erklärte Jakob seiner Frau, daß diese alte Magd die Amme und lebenslange Freundin seiner Mutter gewesen sei. Lea war neugierig, diese offensichtlich ungewöhnliche Frau kennenzulernen und freute sich auf die Begegnung.

Der Bote führte sie zu einem kleinen Häuschen mitten in der Stadt. Wobei Lea schätzte, daß kaum mehr als fünfzig Menschen in der Stadt lebten. Und wohlhabend wirkte keiner ihrer Bewohner. Die Häuser mit den Mauern aus Lehm und den Dächern aus Stroh waren eher Hütten. In den Gassen spielten nackte Kinder, und die Erwachsenen waren in Lumpen gehüllt. Es hatte den Anschein, als wichen alle vor den Besuchern scheu in ihre armseligen Hütten zurück – so als fürchteten sie eine Begegnung mit dem Führer dieser gewalttätigen, kriegerischen Familie, die ihre friedliche Gegend terrorisierte.

Das Haus, zu dem sie der Bote führte, unterschied sich kaum von den anderen, war aber besser erhalten. Der Boden um das Haus war gefegt, in seinem Innern lag ein Teppich, auf den sie sich setzen konnten. Jakob ging seiner Frau und seinem Sohn voran und trat als erster ein.

„Debora!" rief er erfreut aus und lief auf die ihnen entgegenkommende Frau zu.

In der Dunkelheit des Eingangs konnte Lea die Frau nicht erkennen, die ihr Mann da umarmte. Aber sie hörte ihren gequälten pfeifenden Atem und schloß daraus, daß die Frau sehr alt sein mußte. Es schien ihr schwerzufallen, überhaupt zu sprechen. Ob sie stumm war?

Jakob half Debora, sich auf dem Teppich niederzulassen. Dann gab er seiner Frau und seinem Sohn einen Wink, es ebenso zu machen. Lea wollte so dicht wie möglich bei der Dienerin sitzen, wollte sie ihr doch ins Gesicht sehen können.

Das Gesicht war alt. Sehr alt. Die Runzeln, der zahnlose Mund und die dünnen weißen Haare verrieten es. Lea aber entdeckte in diesem Gesicht etwas, das sie so noch nie vorher gesehen hatte: Weisheit.

Der Bote hatte ihnen erzählt, Debora sei eine Hexe. Die Bewohner von Lus pflegten sie häufig bei schwierigen Geburten zu Hilfe zu rufen. Sie sei berühmt dafür, alle nur denkbaren Pflanzen und Kräuter zu kennen und daraus so manchen heilenden Trank brauen zu können. Dennoch – die Menschen fürchteten sich vor ihr. Sie glaubten, Debora heile Menschen mit Hilfe von Zauberkräften.

Lea sah der alten Frau ins Gesicht.

„Le ... Lea", stotterte sie.

Lea war nicht überrascht, daß die Dienerin ihren Namen kannte. Neuigkeiten pflegten sich stets mit großer Geschwindigkeit zu verbreiten. Und inzwischen kannte wahrscheinlich jeder in Lus die Geschichte der Familie Jakobs. Leider!

Die alte Frau richtete ihren Blick auf Josef.

„J ... Josef?" Sie nickte mit dem Kopf. „Z ... z ... zum K ... König geb ... geb ... geboren!"

Josef lachte. „Das ist richtig, Großmutter! Woher weißt du das?"

Debora sagte nichts.

Jakob empfand es als schwierig, die alte Magd zum Reden zu bewegen. Er überschüttete sie mit Fragen, die sie nur mit einem Nicken, einem Kopfschütteln oder allenfalls mit einsilbigen Worten beantwortete. Offenbar schämte sie sich ihres Stotterns und sprach deshalb so wenig wie möglich.

„Meine Mutter hat mir oft erzählt", sagte Jakob, „daß du ihr bereits vor Esaus und meiner Geburt Zwillinge vorausgesagt hast. Ist das wirklich wahr?"

Debora blinzelte und nickte.

„Und hast du wirklich behauptet, daß wir uns in dem Leib unserer Mutter wie ‚zwei miteinander kriegführende Völker' anhörten?" Wieder nickte Debora.

„Nun, du hattest recht, wenn auch nur zum Teil. Heute ist es ganz anders. Esau und ich, wir haben unsere Streitigkeiten begraben. Wir leben nun im Frieden miteinander."

Die alte Frau schaute finster drein. Die Runzeln auf ihrer Stirn vertieften sich.

„N ... noch im Kr ... Krieg!" murmelte sie.

„Nein, nein! Du irrst dich! Wir haben uns im letzten Jahr in Mahanajim jenseits des Jordanflusses getroffen. Und wir sind als Freunde geschieden. Es gibt keinen Kampf mehr!"

Debora widersprach nicht. Das brauchte sie auch nicht. Sie hatte genug gesagt.

Lea spürte in sich ein Frösteln. Eine Hexe nannten sie in der Stadt Debora. Sie lebten mit ihr zusammen. Aber was sie als Zauberei bezeichneten, was anderes war es als Klugheit und Weisheit? Wußte Debora etwas über Esau? Über Josef?

„Großmutter", sagte Lea weich, „glaubst du, daß für Israel alles gut ausgehen wird?"

Die alte Frau wandte sich ihr zu, die Augen weitgeöffnet, fragend.

„Is ... Is ... Israel?" Sie blinzelte unsicher. Doch als sie dann

Lea ansah, bohrten sich ihre Augen geradezu in Leas Gesicht. Dann raunte sie bedeutungsvoll: „Du bist die beste Ehefrau!"

Jakob widersprach auflachend: „Nein, Debora! Du irrst dich schon wieder. Meine ‚beste' Ehefrau ist Rahel. Sie ist die Mutter von Josef; dem, der zum König geboren wurde."

Debora wandte sich Jakob zu – in ihren Augen nichts als Hohn und Verachtung. Dann betrachtete sie Josef, der sie in ehrfürchtiger Scheu anstarrte.

„Unglück!" murmelte sie.

Jakob drängte, wollte wissen, was sie damit meine, aber Debora sagte kein einziges Wort mehr. Ob sie schon genug gesagt hatte? Lea sah die alte Frau unverwandt an, bis deren Gesicht vor ihren Augen verschwamm. Wieviel wußte Debora wirklich über ihre Zukunft? Und – ob das, was sie gesagt hatte, wirklich eintreffen würde?

Da wandte sich die alte Frau plötzlich an Jakob und rief es laut, beschwörend: „Be ... be ... begrabe mich in B ... B ... Bethel!"

„Bethel?" Jakob schüttelte verständnislos den Kopf. „Das ‚Haus Gottes'? Wo ist das?"

Doch die Alte schwieg. Bald darauf verließen Jakob und seine Familie das kleine Haus. Debora küßte sie alle, aber sie sagte kein einziges Wort mehr.

Jakob, Lea und Josef liefen durch das Städtchen, bis sie auf den Weg stießen, der in ihr Lager führte. Lea war von dem soeben Erlebten tief beeindruckt und ganz in Gedanken versunken. Waren es Voraussagen für die Zukunft, die sie da gerade gehört hatte? Kluge Berechnungen? Oder war es vielleicht doch nur das törichte Geschwätz einer alten, ihrer Sinne nicht mehr mächtigen Frau?

Debora wollte in Bethel begraben werden. Meinte sie damit den Altar, auf dem vor zwei Tagen die Tiere geopfert worden waren? Jakob hatte den Ort während des Opfers so genannt. Aber woher konnte Debora das wissen?

Esau, so hatte sie behauptet, liege noch immer im Krieg mit Jakob. Hatten sie demnach noch Schwierigkeiten von dieser Seite zu befürchten? Oder bezog sich Deboras Aussage auf kommende Generationen?

Josef – zum König geboren! Was sollte das bedeuten? Und dann das andere Wort: Unglück!? Wieder spürte Lea die Kälte in sich aufsteigen, wie noch vor wenigen Augenblicken in Deboras Haus. Was drohte Josef noch alles?

Überrascht hatte Lea auch, wie sich Debora verhalten hatte, als Jakob von seinem neuen Namen sprach. Im ersten Moment hatte sich die alte Dienerin verwundert gezeigt, aber dann hatte sie verstehend genickt. Sie hatte begriffen. Debora in ihrer Weisheit wußte ganz offensichtlich, daß Jakob ein Mensch war, der „mit Gott kämpfte".

Und dann die geradezu unglaubliche Behauptung Deboras, Lea sei Jakobs „beste Ehefrau". Natürlich hatte Jakob recht, der Rahel als seine „beste Ehefrau" bezeichnete. Hatte sich Lea nicht schweren Herzens schon seit langer Zeit damit abfinden müssen? Oder war an den Aussagen der alten Dienerin vielleicht doch etwas dran?

Nur eine Woche nach ihrem Besuch in der Stadt Lus überbrachte derselbe Bote die Nachricht von Deboras Tod. Ihre letzte Bitte war gewesen, in „Bethel" begraben zu werden.

Jakob ging unverzüglich nach Lus. Noch am selben Tag kehrte er mit dem Leichnam Deboras zurück. Er begrub sie unter der Eiche im Tal von Bethel, wie dieser Ort seitdem genannt wurde. Das Grab Deboras war das erste unter der „Klage-Eiche".

In der frühen Morgendämmerung des folgenden Tages führte Jakob Lea an die Grabstätte. Sie standen unter der mächtigen Eiche und blickten auf das Grab.

„Die Letzte unter den Alten", murmelte Jakob.

Lea schüttelte den Kopf. „Das stimmt nicht, Israel! Jetzt sind wir die Alten."

Jakob nickte und ließ die Finger durch seinen grauen Bart gleiten. „Und vielleicht die nächsten, die sterben müssen!" sagte er leise.

„Hast du Angst vor dem Tod?"

„Nein", erwiderte Jakob bestimmt. „Nicht mehr, seit ich an der Furt des Jabbok mit Gott gekämpft habe. Mein Leben wie mein Tod, sie sind in Gottes Hand. Und das ist gut so."

„So hast du also Frieden gefunden, Israel?"

„Laß mich sagen, ich kämpfe nicht mehr so hart, wie ich es früher getan habe. Vielleicht kann man das Frieden nennen."

Es war sicherlich nicht ungewöhnlich, am Grabe Deboras über das Sterben zu reden. Der Tod erschien so natürlich, so selbstverständlich. Auf dem Rückweg ergriff Lea Jakobs Ärmel und flüsterte: „Ich bin auch zufrieden und ruhig, Israel. Wenn ich morgen sterben sollte, so wäre es gut so. Auch ich habe Frieden gefunden."

Jakob lächelte. „Wenn nur Rahel auch so empfinden könnte wie du", flüsterte er.

15

Fünf Jahre blieb Jakob mit seiner Familie in Bethel. Und das, obwohl das Land hart und trocken war, kein guter Weidegrund für die Herden. Jakobs Söhne durchstreiften auf der Suche nach Weideland und Wasser die Gegend in weitem Umkreis. Noch immer erlaubte Jakob dem heranwachsenden Josef nicht, seine Brüder auf das Feld zu begleiten. Dabei erwies sich Josef als außerordentlich begabt in der Kunst der Buchführung. Seine Aufzeichnungen über die stetig wachsenden Herden waren mehr als genau und sorgfältig.

Oft war er den ganzen Tag über auf den Feldern und Weiden, um die Größe, das Anwachsen der Herden genau festzustellen. Als sich seine Untersuchungen weiter und weiter ausdehnten, er häufig sogar zwei und drei Tage lang abwesend war, begann Rahel, sich Sorgen zu machen.

„Was ist, wenn ihn in der Wildnis da draußen ein Raubtier anfällt?" fragte sie eines Tages Lea. „Meinst du wirklich, daß er sich da wehren kann?"

„Mach dir um Josef keine Sorgen!" beruhigte Lea die Schwester und legte beruhigend ihre Hand auf deren Arm. „Er ist inzwischen ein Mann. Ein kräftiger junger Mann. Wir können ihn nicht mehr vor allem Unheil bewahren."

Wenn Lea an Josef dachte, sorgte sie sich eher wegen ihrer Söhne als wegen der wilden Tiere. Sie wußte um die bislang verborgene Eifersucht ihrer Söhne, die sie neuerdings nicht mehr verbargen, sondern ganz offen zeigten. Aber war das erstaunlich? Wenn Lea nur daran dachte, wie Josef sich aufführte. Dummdreist und lauthals prahlte er vor seinen Brüdern mit seiner Sonderstellung.

Doch nicht nur das! Gelegentlich erschien Josef vor seinem Vater und berichtete, was „diese Gesellen" alles angestellt hatten und wie sie dem guten Namen ihres Vaters Unehre bereiteten.

In der Tat! Die Brüder waren junge Männer voller Temperament und Leidenschaft. Wie oft und wie schnell gerieten sie in Kämpfe mit den Einwohnern des Landes, raubten deren Frauen oder beanspruchten das beste Weideland für sich. All das hinterbrachte Josef seinem Vater Jakob.

Und da war noch etwas: Josefs Träume.

Lea erfuhr durch ihre Söhne davon. Ruben berichtete ihr auch von dem wachsenden Groll der anderen gegenüber ihrem jüngsten Bruder und seinen Träumen, mit denen er sich vor ihnen brüstete.

„Mutter, es muß etwas geschehen mit dem Jungen!" Ruben rieb seinen Handrücken an seinem krausen braunen Bart. „Keiner von uns kann ihn noch länger ertragen."

Lea seufzte. „Wie war denn sein letzter Traum, Ruben?"

„In der letzten Woche träumte er von einem Kornfeld. Es war schon abgeerntet, und die Garben standen darauf. Eine der Garben stand aufrecht und die anderen – stell dir vor: Zehn waren es! – verneigten sich vor dieser Garbe. Josef ließ wenig Zweifel daran, daß er die eine Garbe, wir die anderen waren."

Lea biß sich auf die Lippen. Es war nicht das erste Mal, daß

Josef so – oder so ähnlich – träumte. Die Träume selbst mochten ja vielleicht wirklich so etwas wie Vorhersagen sein. Was Lea beunruhigte, war die Art und Weise, wie Josef damit vor seinen Brüdern prahlte.

„Ruben, versuche es wenigstens, geduldig zu sein", bat sie ihren Sohn. „Josef ist noch so jung. Wenn er ein wenig reifer geworden ist ..."

„Er würde gut daran tun, sich mit dem Erwachsenwerden etwas zu beeilen!" entgegnete Ruben scharf. „Wenn er so weitermacht, wird er vielleicht nicht mehr viel Gelegenheit dazu haben!"

Lea glaubte, sich verhört zu haben. Wenn schon Ruben, der freundlichste und besonnenste unter den Brüdern, außer sich geriet und die Geduld verlor, wie mußte es da erst bei den anderen aussehen? Sie mußte unbedingt mit Rahel darüber reden.

Rahel aber fand das nicht so wichtig. Sie war fest davon überzeugt, daß Josefs Halbbrüder es niemals wagen würden, an den Lieblingssohn Jakobs Hand zu legen. Also ging Lea mit ihren Sorgen zu Jakob.

Jakob war wieder am frühen Morgen aus Rahels Zelt zu Lea herübergekommen. Auch jetzt noch wanderten Jakob und Lea mitunter gemeinsam zur Klageeiche und blieben bei Deboras Grab. Manchmal stiegen sie auch den Hang hinauf und gingen zum Altar. An diesem Morgen wanderten sie am Fluß entlang, der sich durch das kleine Tal schlängelte.

Lea wußte nicht recht, wie sie beginnen sollte. Aber daß sie mit Jakob sprechen mußte, das wußte sie ganz genau. „Ich mache mir Sorgen, Israel." Sie hielt sich fest am Ärmel seines Gewandes, während sie sich ihren Weg zwischen den Steinen hindurch bahnten.

„Um die Familie?" fragte Jakob erstaunt. „Bei elf gesunden Söhnen? Und mit Josef, der mit seinen sechzehn Jahren so hervorragende Fähigkeiten zu erkennen gibt? Da redest du von Sorgen!?" Jakob lächelte. „Also wirklich, Lea! Das müssen schon merkwürdige Sorgen sein!"

„Das sind sie, und die Sache ist sehr ernst." Lea bemühte sich angestrengt, sich nicht anmerken zu lassen, wie sehr sie Jakobs leichtfertiges Gerede verunsicherte.

„Es geht um Josef", meinte sie schließlich. „Seine Brüder hassen ihn, und ich habe Angst, sie könnten ihm etwas antun."

„Aber sie wissen doch, daß Josef der von mir am meisten geliebte Sohn ist."

„Das mag Josef zwar sein, aber dieses Wissen wird ihn nicht zwangsläufig vor seinen Brüdern schützen. Du weißt, wie sie sind, besonders Simeon. Er gibt sich nicht die geringste Mühe, seinen Haß gegen Josef zu verbergen. Und die anderen hassen ihn auch, sogar Ruben."

„Ruben? Der freundliche Ruben? Aber letztendlich macht es nichts. Juda wird seine Brüder schon im Griff halten."

„Auch Juda ist dabei, sich gegen Josef zu stellen."

Lea sah zu ihrem Mann auf. Und als Jakob jetzt ihr Gesicht betrachtete, ergriff auch ihn die Sorge.

„Mach dir keine Sorgen, Lea", beruhigte er sie. „Ich denke, ich weiß, was wir tun können."

Lea entspannte sich ein wenig. „Ich wußte, daß dir etwas einfallen würde! Was willst du tun, Israel?"

„Ich werde unsere Söhne ganz deutlich daran erinnern, daß Josef der bevorzugte Sohn, der Erbe der Verheißung ist; daß er unter meinem und Gottes besonderem Schutz steht. Und ich weiß auch schon, wie ich das tun werde."

„Und wie?"

„Ich werde ihm ein neues Gewand kaufen." Jakob lächelte bei diesem Gedanken. „Es soll ein Gewand sein, das ihn ganz deutlich als den von mir am meisten geliebten Sohn auszeichnet. Die Ärmel sollen lang sein, und der Saum soll den Boden berühren. Es soll aus gutem Leinen gewebt werden, das wir aus dem Land Ägypten kaufen. Aber das wichtigste ist die Farbe: Es soll purpurfarben sein – so wie die Gewänder der Könige und Fürsten. Und Gold soll dabei sein. Das Gewand soll eine goldene Borte haben."

„Das ist alles?" fragte Lea und fühlte ihre Angst zurückkehren.

„Selbstverständlich! Wenn seine Brüder ihn in einem so

prächtigen Gewand sehen, werden sie sich daran erinnern, mit wem sie es zu tun haben. Sie werden es dann nicht wagen, sich an ihm zu vergreifen."

Lea schüttelte den Kopf. „Du meinst es gut, Israel. Aber ich denke, es wäre viel nützlicher, du würdest mit Josef reden und ihn bitten, nicht länger so unverhohlen vor seinen Brüdern zu prahlen. Und verbiete ihm, mit seinen Träumen zu protzen. Das alles demütigt sie und könnte sie dazu bringen, Josef etwas anzutun."

„Ich habe von seinen Träumen gehört", sagte Jakob nachdenklich. Sie blieben im Schatten eines Baumes stehen, und Jakob half Lea, sich auf eine der Wurzeln zu setzen. Der Tag begann, heiß zu werden. Bald würden sie zum Zelt zurückkehren müssen.

„Habe keine Angst wegen dieser Träume, Lea", beruhigte Jakob seine Frau. „Es sind kindische Phantastereien. Josef möchte seine Brüder gern übertrumpfen, er möchte gern der Größte sein. Aber er wird das überwinden."

„Aber wird er das überwunden haben, bevor der Neid seiner Brüder sie zu Gewalttätigkeiten treibt?"

„Gewalt? Gegen den über alles geliebten Sohn? Nein! Josef wird dieses neue Gewand tragen. Und das wird sie zurückhalten."

„Ich bin mir da nicht so sicher."

„Lea, du hast es mir immer wieder gesagt, daß Josef der Erbe der Verheißung ist. Gott wird es nicht zulassen, daß ihm auch nur ein Haar gekrümmt wird!"

Was sollte sie dazu noch sagen? Aber als Lea sich herabbeugte, um ihr Gesicht in dem kühlen Flußwasser zu waschen, hatte sie Angst. Konnte das neue Kleid nicht sogar das Gegenteil bewirken?

Im Laufe des Tages fand Lea noch eine Gelegenheit, mit Rahel zu sprechen. Aber wieder konnte ihre Schwester Leas Sorgen nicht verstehen. Vielmehr freute sie sich und war begeistert von Jakobs Idee, Josef ein feines neues Gewand zu schenken.

„Es wird seinen Brüdern zeigen, wer hier der Lieblingssohn

ist", sagte sie hochfahrend. „Deine Söhne sind wie Tiere!" Rahel krauste plötzlich die Stirn. „Aber es sind die anderen wilden Tiere, über die ich mir Gedanken mache."

Das neue Gewand war mehr als prächtig. Zugeschnitten aus ägyptischem Leinen, gefärbt mit glänzendem Purpur aus Phönizien sah es aus wie das Kleid eines königlichen Prinzen. Die langen Ärmel und der bodenlange Saum verstärkten noch die hoheitsvolle Wirkung. Es war durchwirkt von goldener Filigranarbeit, mit roten und grünen Mustern entlang der Bordüre.

Josef war entzückt. „Wartet nur, bis ich es meinen Brüdern zeige!" Er stolzierte im Lager umher und führte sein Gewand jedem vor, der ihm begegnete.

Jakob war auf dieses Kleid mindestens ebenso stolz wie sein Sohn. Wie sollte er da auf die Idee kommen, ihn wegen seiner Prahlerei zur Rede zu stellen. In ihrer Not nahm sich Lea vor, selbst mit Josef zu sprechen, ihn zu warnen.

„Bitte, halte dich vor deinen Brüdern etwas zurück", bat sie Josef. „Sie wissen es ja, daß du der bevorzugte Sohn bist. Dein neues Kleid soll sie noch einmal daran erinnern. Aber du mußt es doch nicht so aufreizend im Lager vorzeigen, sie damit zur Weißglut bringen. Sei etwas zurückhaltender, wenn du das Gewand trägst. Sonst werden dich deine Brüder hassen."

„Hab keine Angst, Mutter Lea", lächelte Josef. „Nicht nur dieses Kleid schützt mich. Vergiß nicht, ich bin der Erbe der Verheißung."

Lea verstand. Josef schien mehr als seine Brüder die Bedeutung dieses Versprechens zu erfassen. Und es stimmte ja, entsprach der Wahrheit: Dem Sohn, der das Erstgeburtsrecht hatte, galt der besondere Schutz Gottes.

Wieder einmal schickte Jakob seinen Sohn Josef zu den Brüdern auf das Feld hinaus. Die Herden waren auf der Suche nach Wasser und Weideflächen in alle Richtungen zerstreut, und Jakob wollte wissen, wo sich seine Söhne mit den Herden aufhielten. Die Kanaaniter, die in der Gegend siedelten, kannten Josef gut. Sie hatten hinreichend über die unberechenbaren und gewalttätigen Söhne Jakobs gehört, als daß sie Jakobs Lieblingssohn den nötigen Respekt versagt oder ihm gar etwas angetan hätten.

Zärtlich umarmte Rahel ihren Sohn beim Abschied. „Nimm dich vor den wilden Tieren in acht!" ermahnte sie ihn.

Auch Lea schloß ihn in ihre Arme.

„Verhalte dich nicht so hochmütig gegenüber deinen Brüdern", flüsterte sie ihm zu.

Josef lächelte nur. Ihn beeindruckten die Ermahnungen überhaupt nicht. Sorglos winkend ritt er davon.

Doch er kehrte weder in dieser noch in der darauffolgenden Nacht zurück. Nachdem Josef auch am vierten Tag noch nicht wieder da war, wurde auch Jakob unruhig.

Am Morgen des fünften Tages erschien Ruben im Lager. Er ritt auf einem Kamel, das er offensichtlich zu größter Eile angetrieben hatte. Ohne jeden Aufenthalt ging er direkt zu seinem Vater. Kurz darauf bestieg auch Jakob ein Kamel, und Vater und Sohn ritten miteinander davon.

Lea hatte alles mitangehört. Und wieder ergriff sie die Angst – wie an jenem Morgen, als sie den verletzten Jakob am Jabbokfluß fanden.

In diesem Moment stürzte Rahel in Leas Zelt.

„Oh, Lea! Lea! Etwas Furchtbares ist geschehen!"

„Was ist passiert? Sag es mir!" drängte Lea schreckensbleich.

„Ruben sagt, mit Josef würde etwas nicht stimmen. Ich habe keine Ahnung, was er meint. Aber es muß etwas Furchtbares sein, weil Jakob kein Wort gesagt hat. Er ist einfach mit Ruben fortgeritten. Oh, Lea, was ist bloß passiert?"

„Ich weiß es nicht, Rahel", versuchte Lea ihre Schwester zu besänftigen. „Wir müssen jetzt einfach abwarten."

Drei Tage vergingen, und allmählich gerieten alle in Panik. Quälend langsam schleppten sich die Stunden dahin, und Leas Angst wuchs ins Unermeßliche. Irgend etwas war passiert – davon war sie inzwischen überzeugt.

Rahel ging es nicht anders. Kaum noch verließ sie Leas Zelt, jammerte und klagte, zerriß ihre Kleidung und verweigerte jede Nahrung.

Am Nachmittag des dritten Tages kehrte Jakob zurück. Ruben begleitete ihn, auch Juda und Simeon. Lea erkannte ihre Stimmen. Sie gingen direkt in Rahels Zelt.

Dann hörte Lea Rahels Schrei! Entsetzt stolperte Lea aus ihrem Zelt und tappte blindlings in Richtung der Stimmen.

Plötzlich war Ruben bei ihr und hielt sie mit seinem starken Arm umfaßt.

„Ruben, sage mir, was ist mit Josef passiert?"

„Ein wildes Tier hat ihn angegriffen! Wahrscheinlich ein Löwe. Wir haben sein Kleid gefunden."

Ruben führte seine Mutter zu Rahels Zelt. Rahel schrie verzweifelt, klammerte sich in ihrem Schmerz, in ihrem Leid wie haltsuchend an ihren Mann. Juda hielt das Kleid in seiner Hand.

Lea ging auf ihn zu und nahm ihm das Gewand ab. Es war schmutzig und zerrissen, mit ein paar häßlichen braunen Flekken.

Lea wandte sich an ihre Söhne. „Bringt mich in mein Zelt", verlangte sie in scharfem Ton. Ruben und Juda gehorchten.

In ihrem Zelt sah sie ihre beiden Söhnen durchdringend an. Mit harter Stimme forderte sie: „Sagt mir die Wahrheit! Was ist passiert?"

„Ich weiß es nicht, Mutter", antwortete Juda fest. „Wir haben dieses Gewand in der Wildnis gefunden. Aber Josef war nicht da. Allerdings sah es so aus, als habe in dieser Gegend ein Löwe sein Unwesen getrieben."

„Ruben! Ich will die Wahrheit wissen!"

„Das ist sie, Mutter."

Sie logen. Lea spürte es schmerzlich. Aber warum waren sie unaufrichtig? Was hatten sie zu verbergen? Lea wollte noch etwas sagen, doch dann verstummte sie. Was würde dabei herauskommen, wenn sie ihre Söhne beschuldigte? Was immer sie Josef angetan haben mochten – es war geschehen. Nichts und niemand konnte ihn zurückbringen. War es dann nicht besser, sie würde niemals erfahren, was geschehen war? Auch für Jakob?

„Lea!"

Da – Jakob rief schon nach ihr. Sie griff nach Rubens Hand und hastete hinüber zu Rahels Zelt.

Jakob war bis ins Innerste seiner Seele aufgewühlt. Fassungslos vor Trauer. „Kannst du Rahel etwas von der Medizin geben, die du von der ägyptischen Karawane gekauft hast?" fragte er dennoch – besorgt um seine Frau. „Sie muß zur Ruhe kommen."

Lea nickte, sie würde es holen. Ruben geleitete sie zurück in ihr Zelt. Dort fand sie das Fläschchen mit der sonderbaren Flüssigkeit, die so wohltuend entspannte und schläfrig werden ließ. Damit ging sie zu Rahels Zelt hinüber und sorgte dafür, daß die Schwester etwas davon zu sich nahm. Schon nach wenigen Augenblicken hörte das schreckliche Schluchzen auf – Rahel war eingeschlafen.

Erst jetzt wandte sich Lea an Jakob. „Geh ein Stück mit mir, Israel", bat sie ihn.

Die beiden gingen den vertrauten Weg entlang und blieben schließlich unter der Klage-Eiche stehen. Niemand kam zu ihnen. Jakob schwieg, und Lea achtete darauf, daß nichts diese vertrauensvolle Stille zerstörte. Sie spürte die stumme Verzweiflung ihres Mannes. Erst jetzt, nachdem er Rahels Zelt verlassen hatte, überfiel ihn der Gram mit aller Gewalt. In Rahels Zelt hatte er sich um die geliebte Frau kümmern müssen. Doch hier warf ihn die Ungeheuerlichkeit des Geschehenen zu Boden.

Endlich brach er das Schweigen.

„Mein Sohn! Mein geliebter Sohn! Lea, was soll ich nur tun?"

Lea wußte, auf diese Frage gab es nur eine Antwort: „Bekomme einen anderen", sagte sie. „Bedenke, was Josefs Name bedeutet: ‚Ein anderer'. Gott wird dir durch Rahel noch einen Sohn schenken."

Jakob schüttelte den Kopf, „Ich bin zu alt, Lea. Ich bin nicht ..."

„Gott ist es, der Kinder schenkt, Israel! Er wird dir – da bin ich mir ganz sicher – noch einen Sohn schenken."

Jakob vergrub das Gesicht in seinen Händen. „Ich wünschte, es wäre so. Aber wie kann ich darauf hoffen?"

Lea legte ihre schmale Hand auf Jakobs kräftige, wettergebräunte. „Bedenke deinen Namen! Israel! Du bist es, der mit Gott gekämpft hat. Und das – du weißt es jetzt – bedeutet: Leid und Schmerzen. Aber begib dich ganz und gar in Gottes Hände. Laß ihn deine Zukunft bestimmen. Denke daran: Du bist Israel!"

Zutiefst bewegt ergriff Jakob Leas Hände.

„Hätte ich doch nur deinen Glauben!" murmelte er seufzend.

Über ihnen raschelte der warme Wind in den Blättern der alten Eiche. Lea sah in das düstere Gesicht ihres Mannes. Jetzt, nach Josefs Tod, würde er eine schwere Last zu tragen haben. Schwerer als die Rahels. Sie war jünger als er, würde vielleicht eher darüber hinwegkommen.

Aber Israel? Mitleid erfüllte Leas Herz. Er würde seine Nächte auf der Suche nach Trost in Rahels Zelt verbringen. Und vielleicht würde er ja wirklich noch einen Sohn bekommen. Einen bevorzugten Sohn. Einen Sohn, der wieder der Erbe der Verheißung würde. Und Lea? Jakob würde sie mit ihren Tränen zurücklassen. Aber sie würde – wie immer – fest zu ihm stehen. Fest und unerschütterlich; weil sie ihn liebte.

16

Wie Lea vermutet hatte, fiel es Jakob weitaus schwerer als Rahel, mit dem Wissen fertigzuwerden, daß sein Sohn Josef nicht mehr lebte. Häufig und sehr lange flüchtete er in die Einsamkeit. Erst nach vielen Wochen schien er sich mit dem Unabänderlichen abgefunden zu haben, war er dazu fähig, mit Lea darüber zu reden.

Er sprach über die besondere Bestimmung seiner Familie, über die Pläne, die Gott mit den Nachkommen eben dieser Familie hatte. Sein Leiden, sein „Kampf mit Gott", so hoffte er, war vielleicht die Vorbereitung darauf. Vielleicht war es ja Gottes Wille, daß er – und nur er allein – leiden sollte. Oder sollten die Kinder des Gottesstreiters solche Qualen erdulden müssen?

Rahel erholte sich unerwartet schnell von der Verzweiflung, in die sie bei der Nachricht von Josefs Tod gefallen war. Während der Trauerwoche war sie vor Schmerz außer sich gewesen, hatte wie rasend ihr Leid herausgeschrien. Aber all das hatte eine heilende Wirkung gehabt, und schon bald begann sie damit, ihr gewohntes Leben zu führen. Und es dauerte nicht sehr lange, bis sich wieder die Grübchen herzig in ihren Wangen zeigten.

Und dann wurde Rahel schwanger – fast zu schnell. Nur sechzig Tage, also zwei Monate nach dem Tod ihres geliebten Sohnes. Insgeheim haderte Lea mit Gott. Warum gerade Rahel, nachdem sie sich doch so leidenschaftlich zu ihren Götzen bekannt hatte. Aber vielleicht hatte Gott einen Grund.

Die Nachricht von Rahels Schwangerschaft löste große Freude unter den Bewohnern des Lagers aus. Sie riß Jakob aus seiner Schwermut. Endlich konnte jeder wieder Jakobs frohes Lachen im Tal hören. Und Rahels lebensfrohe Grübchen schwanden überhaupt nicht mehr von ihren Wangen. Jeder im Lager liebte sie, wenn sie mit ihrem strahlenden Lächeln, ihrer Fröhlichkeit auf die Menschen zuging. Rahel selbst war felsenfest davon überzeugt, daß ihr Hausgott, dem sie schon so lange anhing, nun endlich sein Versprechen wahrgemacht hatte, was er mit dem Namen Josef angekündigt hatte: nämlich ihr „noch einen Sohn" zu geben.

Jakob drängte – nachdem er die freudige Nachricht erhalten hatte – zum Aufbruch von Bethel. Er wollte, daß sein Sohn in Beerscheba, seiner Heimat, geboren werden sollte.

Als sich Jakob mit seinem gesamten Lager auf die lange Wanderschaft begab, war Rahel im vierten Monat schwanger.

Zwei Monate vor Rahels Niederkunft bestand Lea darauf, eine längere Rast einzulegen. Ihre Schwester war nicht allzu kräftig, sie würde die Strapazen der Wanderung bis Beerscheba nicht durchhalten. Obwohl eine Unterbrechung der Reise nicht in Jakobs Sinn war, folgte er dem erfahrenen Rat Leas.

In der Nähe des kleinen Dorfes Efrata im Lande Kanaan machten sie halt. Das Land war fruchtbar, und es gab genügend Weideflächen. Dennoch befahl Jakob seinen Söhnen, mit den Herden nach Beerscheba voranzuziehen. Nur mit der verbleibenden Familie errichtete er in Efrata ein Lager für eine Zwischenrast.

Rahel war fröhlich und guter Dinge. Aber Lea bestand darauf, daß Rahel, auf Kissen gebettet, fast den ganzen Tag in ihrem Zelt verbrachte. Jakob unterstützte alles, was Lea anordnete. Und wenn Jakob mit seiner Frau Rahel sprach, widersetzte sie sich Leas Wünschen nicht, obwohl sie nicht müde wurde zu beteuern, es ginge ihr gut.

Als endlich der Tag ihrer Niederkunft heranrückte, ordnete Lea an, daß sich Bilha, Silpa und sie selbst mit ihrer Wache an Rahels Lager abwechseln würden. Lea wußte: Es würde ein langer Kampf werden. Ein Kampf, bei dem alle mit ihren Kräften klug haushalten mußten.

Nur für Rahel gab es keine Ruhepause. Nach drei Tagen unaufhörlicher qualvoller Schmerzen war sie erschöpft. Ihre Schreie erstarben zu einem leisen Wimmern, und Lea wußte, daß ihre Schwester es nicht mehr lange würde ertragen können. Etwas mußte geschehen.

Vorsichtig untersuchte Lea Rahels Leib. Es war so, wie sie befürchtet hatte: Das Kind lag falsch. Lea war erfahren genug, um zu wissen, daß selten eine Frau eine solche Geburt überlebte.

Aber sie wußte auch, daß es vielleicht doch noch gelingen könnte, wenn sie das Kind im Leib ihrer Schwester in die richtige Lage brächte. Eine schwierige und gefährliche Aufgabe, ganz gewiß. Etwas, das sie nur als allerletzten Ausweg wagen durfte. Doch inzwischen war Lea davon überzeugt, daß sie nur noch diese Möglichkeit hatte.

Leas ungewöhnlich geschickte Finger ersetzten gleichsam ihre Augen, als sie unendlich vorsichtig versuchte, das Kind zu drehen. Dabei bewies ihr Rahels kraftloses, gequältes Stöhnen, daß sie ihrer Schwester furchtbare Schmerzen zufügte. Aber es mußte sein. Und tatsächlich! Wenn auch unerträglich langsam, gelang es Lea, den Kopf des Kindes in die richtige Lage zu bringen. Ob nun doch noch alles zu einem guten Ende kam?

Und dann geschah alles auf einmal. Rahels Körper zog sich wie in einem Krampf zusammen, und plötzlich war das Kind geboren – ein lebendiger kleiner Mensch, herausgestoßen aus dem gemarterten Leib seiner Mutter.

Lea zerschnitt rasch die Nabelschnur und band sie ab. Dann übergab sie das Neugeborene der Magd Bilha. Bilha besaß genügend Erfahrung, um zu wissen, was nun getan werden mußte. Sie legte das Kind auf ihre Knie, wobei der Kopf tiefer lag als der Körper, und reinigte seinen Mund. Dann schüttelte sie es vorsichtig, bis es nach Luft schnappte und seinen ersten Schrei ausstieß.

„Sei gesegnet, Rahel!" rief Bilha ihrer Herrin zu. „Du hast einen gesunden Sohn!"

Lea beobachtete inzwischen sorgenvoll den alarmierenden Zustand ihrer Schwester. Blut floß, viel, viel mehr, als nach einer Geburt üblich. Sie mußte es stoppen – dieses Ausströmen des Blutes. Sehr schnell sogar. Nur wie?

Lea preßte alle möglichen Kleidungsstücke gegen Rahels Leib, brachte deren Körper in die verschiedensten Stellungen, schob Kissen unter Rahels Rücken – alles in der Hoffnung, dieses entsetzliche Bluten zum Stillstand zu bringen. Vergeblich! Rahels Körper erschlaffte. Ihr Atem kam in kurzen Stößen. Lea fühlte nach dem Puls. Er war erschreckend schwach. Rahel lag im Sterben.

Hilflos und verzweifelt wandte sich Lea um. Die Magd Bilha stand am anderen Ende des Zeltes und liebkoste zärtlich das Neugeborene. Von ihr kam keine Hilfe, auch nicht von Silpa, wo immer diese auch gerade sein mochte. Außerdem – Lea wußte es nur zu gut. Es gab nichts mehr zu helfen. Ihre Schwester würde sterben. Schon bald.

Natürlich! Sie mußte es Israel sagen. Er mußte jetzt bei der von ihm so geliebten Frau sein, die in diesen Minuten starb.

Lea stolperte aus dem Zelt. Das strahlende Licht der Morgensonne blendete ihre Augen.

Sie hielt einen Moment inne, dann schrie sie, laut und hilfesuchend: „Israel!"

„Hier bin ich, Lea! Wie geht es Rahel?"

Jakob hatte sich also ganz in der Nähe aufgehalten. Und plötzlich wurde Lea bewußt, wie schrecklich sie aussehen mußte. Hände und Gewand voller Blut, ihr Gesicht schmutzig und übermüdet, ihre Haare wirr und strähnig.

„Es geht ihr nicht gut, Israel. Es geht ihr gar nicht gut! Sie wird sterben!"

Sie sagte es so vorsichtig wie möglich, aber ihre Worte trafen Jakob hart wie Keulenhiebe. Mühsam rang er nach Luft, und Lea fühlte, wie seine Hände – eiskalt und starr – nach ihren Schultern griffen. Jakob wollte in das Zelt hineinstürzen, aber Lea hielt ihn zurück.

„Israel, warte noch! Da sind zwei Dinge, die du wissen mußt. Das eine: Du hast einen Sohn, schön und gesund. Das andere: Rahel hat zu beiden Seiten ihres Lagers ihre Hausgötter aufgestellt."

„Hausgötter?" Sein verwirrter Verstand rang vergeblich darum, die Bedeutung dieses Wortes zu erfassen. „Du meinst ... Labans Götzen? Rahel hat sie bei sich?"

„Sie hat sie schon die ganze Zeit. Ich habe mich gescheut, sie ihr fortzunehmen, denn Rahel hat sie wirklich gebraucht. Glaubte sie doch, ohne die Hausgötter sterben zu müssen."

„Aber es sind Götzen, nutzlose Stücke Holz. Sie können doch nicht ..."

„Ich weiß, Israel! Aber jetzt, in diesem Moment, darfst du sie ihr nicht wegnehmen! Laß sie bei ihr, bis alles vorüber ist. Aber jetzt geh zu ihr. Du hast nicht mehr viel Zeit."

Lea blieb im Eingang des verdunkelten Zeltes stehen und hörte, wie Jakob zu Rahels Lager ging. Verzweifelt rang er um Fassung, konnte aber kaum seine Stimme beherrschen. „Rahel, mein Liebes! Wie geht es dir?"

Eine unsinnige Frage. Aber wußte Jakob überhaupt, was er sagte? Ob Rahel überhaupt noch lebte? Aber da hörte Lea ein geflüstertes Wort.

„... Knie ..."

Jakob rang nach Luft. Dann sagte er hastig zur Magd: „Gib mir das Kind!"

Eilfertig reichte ihm Bilha das Neugeborene. Jakob nahm es und hielt das Baby auf Rahels Knien.

„Ben-Oni!" flüsterte sie.

Jakob konnte seinen Schmerz nicht länger unterdrücken. Hilfesuchend wandte er sich an Lea, die neben dem Bett ihrer Schwester kniete und deren Puls fühlte. Ihre wissenden Finger fanden kein Zeichen von Leben mehr.

„Sie ist von uns gegangen, Israel", sagte sie leise.

„Laß uns allein!"

Lea nahm das Neugeborene aus Jakobs Armen, stand auf und drängte alle aus der Umgebung des Zeltes. Warum gönnten sie Jakob nicht diesen Moment des Alleinseins mit seiner Frau, die nun tot war?

Nach fast einer Stunde trat Jakob aus dem Zelt.

„Lea! Wo bist du?" rief Jakob mit fester Stimme.

„Ich bin hier, Israel!" Lea eilte aus ihrem Zelt in Richtung seiner Stimme.

„Geh ein Stück mit mir", bat Jakob leise.

Sie ergriff in der vertrauten Weise den Ärmel seines Gewandes und folgte ihm, wie er sie führte. Die Sonne brannte, und sie war dankbar, als Jakob in dem Schatten eines großen Baumes stehen blieb – irgendwo in dem unbekannten Tal Efrata.

Die beiden waren allein. Niemand kam in ihre Nähe.

„Lea!"

„Hier bin ich, Israel."

Jakob wollte nichts reden, nicht in diesem Augenblick. Er wollte nur nicht allein sein, wollte seinen Schmerz mit ihr teilen. Tränen hatte er keine mehr. Er hatte sie in Rahels Zelt vergossen. Jakob suchte Leas Hand und umschloß sie fest.

Lea schwieg. Sie spürte, daß alles, was sie jetzt gesagt hätte, nur ein Ausdruck ihrer eigenen Hilflosigkeit gewesen wäre. So standen die beiden stumm nebeneinander. Nichts als das Seufzen des Windes in den Ästen war zu hören. Dann brach Jakob das Schweigen.

„Sie wollte, daß unser Sohn ‚Ben-Oni‘ genannt wird", sagte er.

Ein schrecklicher Name. „Sohn meines Unglücks". Welch eine Strafe für ein Kind, sein Leben lang mit einem solchen Namen gerufen zu werden. Das Leben mit dem Namen „Sohn meines Unglücks" zu beginnen – würde es nicht bedeuten, zu lebenslangem Leid und Kummer verurteilt zu sein? Kein Kind durfte mit einem solchen Namen belastet werden.

„Wirst du ihn so nennen, Israel?"

„Ich weiß es nicht. Es war Rahels letzte Bitte. Wie denkst du darüber, Lea?"

„Tu, was du für richtig hältst, Israel." Lea konnte nicht mehr sagen. Sie spürte Jakobs Enttäuschung über ihre Antwort, und ihr war klar, daß sie ihm diesmal nicht geholfen hatte. Immer hatte sie ihm geholfen, ihm mit ihrem Rat, mit ihrer Meinung, ihrer praktischen Hilfe zur Seite gestanden. Diesmal konnte sie es nicht. Diese Sache mußte Jakob ganz allein entscheiden. Er würde wieder mit Gott kämpfen müssen. Und alles, was sie ihm jetzt geben konnte, waren ihr Verstehen und ihre Gegenwart.

17

Noch am späten Nachmittag desselben Tages begruben sie Rahel. Einer der Knechte hatte an der Straße nach Efrata an einem felsigen Hang eine Höhle entdeckt. Hierher brachte Jakob seine tote Frau, die ihm zu ihren Lebzeiten so unendlich viel bedeutet hatte. Die gesamte Familie und alle Knechte und Mägde folgten ihm, als er Rahel zu dem Grab trug.

Jakob ging allein in die Grabeshöhle und bettete Rahel zu ihrer letzten Ruhe. Neben Silpa und den anderen stand Lea am

Eingang der Höhle und wartete auf ihn. Bilha hielt das Neugeborene auf dem Arm. Sie mußten sehr lange warten. Nichts störte die Stille ihrer Totenwache – nicht einmal das Rascheln des Windes in den Bäumen.

„Er kommt!" wisperte plötzlich Silpa.

Auch Lea hörte ein Geräusch, das die Stille durchbrach. Und sie wußte – jetzt stand Jakob am Eingang der Höhle. Alle sahen ihn erwartungsvoll an. Was würde er jetzt sagen?

Und dann klang seine Stimme überraschend fest. Kraftvoll sprach er die überlieferten Worte, die seit den Zeiten Abrahams am Grabe gesprochen wurden: „Gott hat es gegeben, und Gott hat es genommen. Der Name des Herrn sei gelobt!"

Als Lea diese Worte hörte, fühlte sie sich getröstet; nicht durch den Ton seiner Stimme, sondern durch die Worte selbst. Hier sprach Israel, nicht Jakob. Sein Glaube hatte gesiegt. Niemals sonst hätte Jakob sagen können: „Der Name des Herrn sei gelobt!" Er hätte Gott angeklagt, hätte mit ihm gehadert. So aber war klar: Er fügte sich dem Willen Gottes, auch wenn er ihn nicht verstand.

Doch Jakob war noch nicht am Ende. „Bringt mir das Kind!" befahl er.

Unverzüglich trat Bilha vor und reichte Jakob das in Tücher eingewickelte Kind. Jakob riß die Tücher herunter und hielt das Kind hoch in seinen Armen. „Seht, Rahels Sohn!" rief er mit lauter Stimme. „Sein Name ist Benjamin!"

Lea stockte der Atem. Sie allein wußte, was es ihn gekostet haben mußte, die letzte Bitte seiner Ehefrau nicht zu erfüllen. Qualvolle Stunden mußte er durchlitten haben, bevor er sich zu dieser Entscheidung durchgerungen hatte. Er war Israel – immer noch der Streiter. In dem Kampf zwischen der Liebe zu seiner Frau und dem Recht seines Kindes hatte sein Sohn gesiegt. Aber Lea ahnte, welche Pein mit dieser Entscheidung verbunden gewesen war.

„Benjamin!" Ein wunderbarer Name. Im Klang von „Ben-Oni" kaum unterschieden. Doch welch ein Unterschied in der Bedeutung! „Sohn meiner rechten Hand!" Ein Kind an seine rechte Seite zu setzen, das bedeutete, es zum Lieblingssohn zu ernennen. Vom „Sohn meines Unglücks" zum „Sohn des Glücks".

Der bevorzugte Sohn. Und wieder kämpfte Lea den ihr schon vertrauten Kampf mit sich selbst. Warum nur Rahels Söhne? Was war mit Ruben, ihrem ältesten Sohn, mit Juda, der so unzweifelhafte Begabungen und Fähigkeiten besaß? Warum immer nur Rahels Söhne?

„Sohn meiner rechten Hand" – das bedeutete selbstverständlich auch „Erbe der Verheißung". Das Erstgeburtsrecht. Gesegneter Gottes.

Lea hob ihre Augen auf zu dem sich verdunkelnden Himmel, und in ihrem Herzen klangen vertraute Worte: „Gott, was ist mit mir? Mit meinen Söhnen? Kannst du uns nicht gnädig ansehen? Warum immer nur Rahel?"

Dabei war sich Lea so sicher gewesen, nach all den Jahren mit diesen Kämpfen fertig zu sein, den Sieg über sich errungen zu haben. Nicht die geringste neidvolle Regung ihrer Schwester gegenüber hatte sie sich gestattet. Und nun erkannte sie, wie wenig ihr das gelungen war. Die alte Eifersucht lebte, war noch immer da, und auch Lea kämpfte - genau wie Israel – noch immer mit Gott.

Lea atmete tief durch. Nein! Das mußte ein Ende haben. Diesmal mußte sie im Kampf gegen sich selbst als Siegerin hervorgehen. Sie mußte ihren Neid, ihre Eifersucht überwinden und alles in Gottes Hände legen. Er – und nicht Lea – würde die Last der Entscheidung tragen, welchem der Söhne Jakobs das Erstgeburtsrecht übertragen wurde. Gott und nur er allein! Und sie würde seine Entscheidung annehmen, wie immer sie auch ausfallen mochte. Und sie würde sie frohen Herzens annehmen.

Das Kind Benjamin würde auf sie und ihre Liebe angewiesen sein. Sie würde ihn aufziehen. Den Erben der Verheißung. Und sie war bereit, ihr Bestes zu geben, ihr Allerbestes, damit sich dieser Sohn des Segens würdig erweisen würde.

Sie mußte es tun.

„Lea."

Jakob stand auf einmal vor ihr und sah sie aufmerksam an. Lea hatte ihn nicht kommen hören. Nichts um sich hatte sie wahrgenommen. Ihre Augen! Verrieten sie Jakob etwas von dem Kampf, den sie mit sich selbst gerade ausgefochten hatte?

„Geh ein Stück mit mir, Lea", bat Jakob zart und liebevoll. Und wieder ergriff sie seinen Ärmel, gingen sie den Pfad hinunter.

Sie waren allein, und Lea wußte nicht, welchen Weg sie gingen. Aber war es nicht ganz ohne Bedeutung, auf welchem Weg sie liefen, solange Jakob an ihrer Seite war? Lea seufzte. Immer, ihr ganzes Leben lang war es so gewesen.

Jetzt blieben sie unter einem Baum stehen, geborgen in seinem Schatten.

„Lea", sagte Jakob zärtlich, „sage mir, was dich bedrückt."

Lea versuchte ein zaghaftes Lächeln. „Nichts, Israel. Es ist nichts! Nur ... das Leid ... meine Schwester ..."

„Nein, das ist es nicht. Ich weiß es. Da ist noch etwas anderes. Was macht dir solchen Kummer?"

Das Lächeln erstarb auf ihren Lippen, und ihre Augen füllten sich mit Tränen. Wie konnte sie sich nur so töricht aufführen! Niemals durfte Jakob etwas von dem Kampf in ihrem Innern auch nur ahnen.

Um so erstaunter hörte sie dann Jakob sagen: „Ich denke, ich weiß, was dich bedrückt."

Aber wie konnte er das? Hatten sie wieder einmal ihre Augen verraten? Hatten sie etwas von der Tiefe und der Qual ihres Kampfes mit Gott preisgegeben?

„Dein ganzes Leben lang", meinte nun Jakob, „hast du gegen Rahel gekämpft. Du hast es mir einmal selbst gesagt. Warum, Lea? Aus Eifersucht?"

Lea war unfähig, auch nur ein Wort zu sprechen, sie nickte nur zustimmend.

„Eifersucht!" Jakob sagte es ganz leise, fast zärtlich. „Du wolltest meine Liebe. Du hast meinen Gott angenommen, hast mir Kinder geschenkt und dabei immer auf meine Liebe gewartet. Aber ich habe Rahel geliebt."

Wieder nickte Lea. Sie hielt die Augen gesenkt. Sanft hob Jakob ihr Gesicht zu sich hoch. Sie mußte ihm jetzt in die Augen sehen.

„Weißt du nicht, daß ich dich immer geliebt habe? Auf eine andere Weise als Rahel. Aber ich habe dich geliebt."

Lea blickte in seine Augen, und sie wußte, daß Jakob die Wahrheit gesagt hatte. Seit vielen Jahren teilte sie Jakobs Leben. Sie war an seiner Seite gegangen – immer am Ärmel seines Gewandes von ihm geführt. Dabei hatte sie ihm mit klugem Rat geholfen, hatte ihn herausgefordert, ihm Verständnis gezeigt. Partner waren sie gewesen. Gleichberechtigte Partner voller Hochachtung füreinander. Aber auch Liebende?

Ja! Sie wußte es jetzt. In der tiefsten Bedeutung dieses Wortes hatten sie beide Liebe füreinander empfunden. Zwei Menschen – zusammengeschlossen in der Einheit des Verstehens und der ... Liebe!

„Israel!" Lea mußte nicht länger nach Worten suchen. „Unsere Liebe ist tief und sehr fest!"

Jakob legte seine Arme um sie, beugte sich zu Lea nieder und flüsterte ihr zu: „Und diese Liebe wird uns beiden helfen, unser Leben in Dankbarkeit vor Gott weiterzuführen."

Eine kühle Brise war aufgekommen und verdrängte die Hitze des Tages. Der Wind wirbelte den Staub auf, und unter dem Baum wurde es dunkel.

Endlich durchbrach Jakob das Schweigen. „Rahels Tod", sagte er langsam, „war Gottes Wille."

Lea horchte auf. „Gottes Wille?" Sie lehnte sich leicht zurück, und Jakob gab sie aus seinen Armen frei. „Woher willst du das wissen?"

„Erinnerst du dich noch an den Eid, den ich geschworen habe, als wir Laban begegneten?"

„Ja! Damals hast du versprochen, niemals wieder die Mizpa-Grenzlinie zu überschreiten. Aber was meinst du damit?"

„Nein, nicht diesen Eid. Ich habe schon früher einmal einen Schwur geleistet. Aber vielleicht hast du den ja gar nicht gehört."

„Einen anderen Schwur? Ich kann mich nicht daran erinnern."

Jakob seufzte. „Als Laban mir zum ersten Mal davon berichtete, daß seine Hausgötter verschwunden seien, habe ich im Angesicht des lebendigen Gottes geschworen, daß – wer immer die Götzen gestohlen hat – sterben muß."

„Oh!"

Jetzt wußte es Lea, welche Kämpfe Jakob in diesen letzten Tagen hatte bestehen müssen. Er selbst hatte diesen verhängnisvollen Schwur ausgesprochen – nicht ahnend, daß seine geliebte Frau Opfer dieses heiligen Schwures sein würde. Und jetzt war er sich dessen sicher, daß Gott selbst mit Rahels Tod den Eid erfüllt hatte.

„Aber Israel", widersprach Lea, „wie willst du das denn wissen? Du selbst hast es mir immer wieder gesagt, niemand könne sicher sein, den Willen Gottes zu erkennen."

Jakob schwieg. Sein Gesichtsausdruck verfinsterte sich.

„Du magst recht haben. Ich weiß es wirklich nicht. In meinen jungen Jahren war ich mir vieler Dinge ganz sicher. Doch jetzt ... bin ich mir kaum einer einzigen Sache mehr sicher. Und schon gar nicht, wenn es sich um etwas so Bedeutendes und Verborgenes handelt wie den Willen Gottes!"

Lea blickte unverwandt in sein Gesicht. „Wenn du glaubst, daß dein Schwur die Ursache für Rahels Tod ist, dann quäle dich nicht. Gott würde sich niemals in dieser Weise zum Erfüllungsgehilfen deines Willens machen lassen."

Jakob sah Lea nachdenklich an. „Du siehst die Dinge so klar. Immer hast du mir geholfen. So wie du mir jetzt hilfst."

„Du hast mir auch geholfen, Jakob. Mehr als du ahnst."

Jakob lächelte etwas ungläubig. „Tatsächlich?"

Er ergriff ihre Hand, und gemeinsam gingen sie zu der Straße, die zu den Zelten führte. Inzwischen war es vollkommen dunkel geworden.

„Und Benjamin ... ?" Lea blieb stehen. „,Kind meiner rechten Hand' – mach dir seinetwegen keine Sorgen, Israel. Ich werde ihn aufziehen, ihn dazu anleiten, der Erbe der Verheißung zu werden."

„Nein!"

Scharf und schneidend klang es von Jakobs Lippen. Lea blieb stehen und sah ihren Mann verwundert an.

„Was willst du damit sagen?"

„Ich will damit sagen: Er ist nicht der Sohn mit dem Erstgeburtsrecht!"

„Israel, das meinst du doch nicht wirklich!" rief Lea fassungslos.

„Und ob ich das meine! Es stand für mich fest, als ich an Rahels Grab stand und ihren Tod betrauerte. Benjamin soll den heiligen Segen nicht bekommen!"

„Und warum nicht?"

„Was ist denn geschehen, als ich versuchte, Gott meinen Willen aufzuzwingen. Ich hatte Josef auserwählt, aber das stimmte offenbar nicht mit Gottes Plan überein."

„Aber wer wird dann das Erstgeburtsrecht bekommen?"

„Keiner! Oder alle elf gemeinsam. Benjamin wird mein Lieblingssohn sein, jawohl! Aber er wird nicht das Erstgeburtsrecht besitzen – auf jeden Fall nicht von mir."

„Das verstehe ich nicht", erwiderte Lea. „Elf Männer können doch nicht dieses Erstgeburtsrecht erben." Sie runzelte die Stirn. „Oder?"

„Wir werden sehen." Jakob brach in ein kurzes, freudloses Lachen aus. „Auf jeden Fall will ich nicht länger Entscheidungen treffen müssen, zu denen ich im Grunde nicht berechtigt bin. Gott allein soll den Erben der Verheißung bestimmen!"

Schweigend setzten sie ihren Weg in der Dunkelheit fort. Alles Wichtige war gesagt.

Jakob hatte recht. Gott würde den Erben der Verheißung bestimmen. Hatte er es nicht gerade erst gesagt? Kein Mensch kann mit absoluter Gewißheit wissen, was Gottes Wille ist. Deswegen würde Israel den Segen des Erstgeburtsrechts seinen elf Söhnen gemeinsam geben.

Aber Benjamin hatte er zu seinem Lieblingssohn bestimmt. Die Frage blieb also: Wer würde der Auserwählte Gottes sein?

Die Antwort auf diese Frage kannte allein Gott.

18

Jakob lebte von nun an mit seiner Familie in Beerscheba, wo er seine Kindheit verbracht hatte. Hier hatten seine Eltern, Isaak und Rebekka, und seine Großeltern, Abraham und Sara, gelebt. Die weite fruchtbare Ebene hatte die besten Weideflächen für Jakobs riesige Viehherden, und die sieben Brunnen, die sein Vater und sein Großvater gegraben hatten, versorgten sie ausreichend mit Wasser.

Die Bewohner der Ebene von Beerscheba flohen vor der großen angriffslustigen Familie, die in ihr Land eingedrungen war, in alle Himmelsrichtungen. Vielleicht erinnerten sie sich auch noch an die Zeit, als Isaak und dann Esau über das Gebiet geherrscht hatten. Als nun zehn starke junge Männer mit vielen Knechten und Hirten und riesigen Herden heranzogen, verließen die Kanaaniter, die hier gesiedelt hatten, fluchtartig ihre Wohnstätten und überließen Jakob und seiner Familie kampflos das Land.

Benjamin wuchs zum Mann heran, und er war in der Tat der Lieblingssohn seines Vaters. Jakob behielt ihn im Hause und unterrichtete ihn in der kleinen Zeltstadt in allem, was Benjamin über die Aufzucht und Haltung der Viehherden wissen mußte. Aber anders als Josef prahlte Benjamin nicht mit seiner bevorzugten Stellung. Seine Brüder liebten, ja, bewunderten ihn.

Lea war eine alte Frau geworden. Die Beschwernisse des Alters plagten sie, aber sie akzeptierte sie als die natürlichen Gegebenheiten des Lebens. Jetzt, das wußte Lea, war ihre Zeit gekommen. Aber das machte nichts. Sie hatte ein gutes Leben gehabt. Sie hatte Frieden gefunden.

Hatte es das Leben wirklich gut mit ihr gemeint? Sie hatte ihrem Mann – mit den Söhnen Silpas – acht Söhne geschenkt. Allen zwölf Söhnen ihres Mannes war sie eine Mutter gewesen, und alle zwölf hatte sie in dem Glauben an den Gott Jakobs unterwiesen. Sie hatte sich die Anerkennung und den Respekt aller Knechte, Mägde und Hirten wie auch der Söhne Israels errungen. Davon konnte sie ausgehen.

Das schönste in all den Jahren aber war die Liebe Jakobs zu ihr gewesen. Und wie sie es jetzt wußte – es war Liebe gewesen. Auch wenn sie diese Liebe hatte teilen müssen. Inzwischen konnte sie bei diesem Gedanken lächeln – ohne jede Bitterkeit.

Denn diese Art Liebe hatte Rahel niemals kennengelernt. Das Leben mit Jakob zu teilen – nur mit Dankbarkeit konnte sie daran zurückdenken. Fünfzehn Jahre waren seit Rahels Tod vergangen. Und in diesen Jahren war das Band gegenseitiger Zuneigung und Verstehens immer stärker geworden, ihre Liebe immer inniger geworden. Liebe? Lea fragte es sich zweifelnd, um ihre Frage gleich zu beantworten. Ja, Liebe! Wenn auch ohne Romantik, ohne die Lust der jungen Jahre – Liebe ist es gewesen.

Der Brunnen, den Jakobs Familie benutzte, lag nur ein kurzes Stück von Leas Zelt entfernt. Und an jedem Morgen erschien Jakob vor ihrem Zelt. Lea ergriff dann wie gewohnt den Ärmel seines Gewandes, und sie wanderten gemächlich in Richtung des Brunnens. Lea achtete sehr darauf, die Gespräche auf diesen Spaziergängen ausgewogen zwischen lustigem Erzählen und ernsthaftem Austausch zu halten. Wenn sie etwa über Benjamin sprachen, über seine Art, die Bücher zu führen, oder über die Geburt eines der Tiere in ihren Herden, über all die Dinge, die eine der nächsten Karawanen mitbringen sollte, die nach Ägypten zog, oder über das, was es von Schwiegertöchtern und Enkeln zu berichten gab ... Es waren glückliche Stunden; Stunden, in denen sie einander ihre Liebe zeigen konnten.

Und dann kam der Tag, als Lea in altgewohnter Weise den Ärmel ihres Mannes ergriff und plötzlich diesen dumpfen

Schmerz in ihrer Brust spürte. Sie stolperte, griff hilfesuchend nach Jakobs Hand.

„Lea! Was ist los?" Jakob sah seine Frau angsterfüllt an.

Der Schmerz in ihrer Brust drängte glühend in Leas Schulter bis in ihren linken Arm. Lea spürte, wie der schmerzhafte Krampf ihr Gesicht erfaßte, spürte, wie ihre Lippen gefühllos wurden, ihr linker Fuß sich kaum noch bewegen ließ.

„Ich weiß nicht", stammelte sie. „Es ist wohl nichts. Aber ich möchte mich ein wenig hinlegen."

Lea versuchte, Jakobs Ärmel zu ergreifen, aber ihre Hände waren kraftlos. Sie sank zu Boden, und Jakob fing sie in seinen Armen auf. Knechte kamen, trugen sie in ihr Zelt.

Die folgenden Stunden erlebte Lea wie hinter einer Nebelwand. Ganz leise, undeutlich hörte sie, wie Jakob mit drängender Stimme Anweisungen erteilte, hörte sie Silpa leise weinen. Ja, und ihre Söhne kamen auch in das Zelt, knieten an ihrem Lager nieder und versuchten, mit ihr zu sprechen. Aber sie konnte keinen einzigen Ton herausbringen.

Und immer war Jakob in ihrem Zelt. Stundenlang saß er an ihrem Bett, hielt ihre Hand in der seinen, sprach leise zu ihr. Sie verstand nicht alles, was er sagte, aber der Klang seiner zärtlichen Stimme beruhigte sie.

„Israel!" Lea versuchte, seinen Namen auszusprechen, aber aus ihrer Kehle kam nur ein Röcheln.

Jakob beugte sich noch näher zu ihr. Vielleicht konnten ja ihre Augen ihm das sagen, wozu ihr Mund nicht mehr imstande war. Hatte er nicht immer schon aus ihren Blicken erraten, was in ihr vorging? Lea sah zu ihm auf und erschrak, als sie die Tränen sah, die über sein Gesicht liefen.

„Lea!" Sanft klang seine Stimme. Und dann brach es aus ihm heraus: „Du sollst in Machpela begraben werden!"

Lea hörte Silpa aufschluchzen, die hinter Jakob stand. In den Ohren der Magd mußten diese Worte entsetzlich klingen. Hätte Jakob seiner Frau nicht neuen Lebensmut geben müssen, mit ihr darüber sprechen sollen, was alles sie gemeinsam unternehmen würden, wenn ... Über alles hätte er mit ihr reden dürfen, nur nicht über den Tod.

Aber Jakob hatte ausgesprochen, was in seinem Herzen war. Und das bedeutete Lea sehr viel. Niemals hatten sie Geheimnisse voreinander gehabt, und jetzt teilten sie das letzte Geheimnis.

Jakobs Worte drangen tief in Leas Bewußtsein. In ihren Augen sah Jakob ein Lächeln, und das machte ihm klar: „Ich weiß, was du mir sagen wolltest."

Machpela! In der Höhle östlich von Mamre in der Stadt Hebron lag die Grabstätte der Familie Jakobs. Jakobs Großvater Abraham hatte die Höhle und das umliegende Feld von Efron, dem Hetiter, gekauft. Abraham und Sara waren dort begraben und auch Isaak und Rebekka. Auch Jakob würde eines Tages dort seine letzte Ruhestatt finden.

Und dort neben Sara und Rebekka – den von allen verehrten Frauen der Familie – würde nun auch sie, Lea, ruhen.

Lea dachte an Rahel, die in der Nähe des Städtchens Efrata in ihrem einsamen Grab lag. Oft schon hatte sich Lea gefragt, weshalb Jakob den Leichnam Rahels nicht nach Machpela hatte überführen lassen. Jetzt wußte sie die Antwort. Sie – Lea – war aus der Sicht Jakobs die Mutter seiner Familie.

Während all der Jahre in ihrer Ehe mit Jakob war sie immer „die andere Frau" gewesen. Rahel seine geliebte, seine bevorzugte Frau. Und immer hatte sich Lea in die untergeordnete Rolle gefügt, die ihr Jakob allem Anschein nach zugedacht hatte. Sie war die Mutter seiner Kinder, aber Rahel war seine Geliebte gewesen.

Und nun sagte ihr Jakob etwas ganz anderes. Lea dachte an all die Jahre, in denen Jakob seine Nächte in Rahels Zelt verbracht hatte und mit ihr allenfalls am Tage zusammengewesen war. Sie rief sich aber auch die Zeiten in Erinnerung, in denen Jakob sie und nicht Rahel um Rat und Hilfe gebeten hatte, in denen sie ihn hatte trösten, wiederaufrichten können. Zeiten, in denen das Band geknüpft wurde, das sich letztlich als so stark, als untrennbar erwiesen hatte.

War es stärker gewesen als das, was Jakob und Rahel miteinander verbunden hatte? Nein, wohl kaum! Aber es ist anders gewesen. Jakob und Lea waren eins in ihrem Denken, ihrem Fühlen. Jeder hatte den anderen in allen wichtigen Dingen seines Lebens teilhaben lassen. Worin konnte sich Liebe in ihrem besten Sinne noch erweisen?

Noch einmal öffnete Lea ihre Augen, damit Jakob darin lesen konnte. Es bedurfte keiner Worte mehr. Was beide in den Augen des anderen lasen, überstieg alles das, was sie hätten in Worte fassen können.

Tiefer Friede erfüllte Lea, und sie schloß ihre Augen. Für immer.

Emis Dion
Nikias und Katharina
Es begann in Korinth
208 Seiten. ABCteam-Paperback

In der Erzählung von Emis Dion verbinden sich Fakten und Fiktion zu einer packenden Handlung. Das mächtige Korinth, das berühmte Orakel von Delphi, das aufkommende Christentum und die besondere Welt des antiken Sports bilden den Hintergrund einer außergewöhnlichen Liebesgeschichte. In farbiger Erzählweise werden der Alltag, die Lebensweise und das Denken der Griechen, Römer und der ersten Christen lebendig. – Ein fesselndes Lesevergnügen.

Leseprobe aus diesem Buch:

Einige Tagereisen von Korinth entfernt bestaunten zur selben Zeit drei Männer die berühmte Athletenschule, die Palästra von Elis.

„Das soll sie sein?" Kriton war offensichtlich enttäuscht.

„Sieht aus wie jede andere – mit all den netten Menschen", meinte Nikias.

„Ja, jetzt!" sagte Skopas lächelnd. „Aber warte, bis es ernst wird. Wenn du das nächste Mal herkommst, dann wirst du in dieser nette Palästra die strengste Prüfung über dich ergehen lassen müssen, die du je erlebt hast. Gegen die Griechenrichter bin ich zahm wie ein Schaf. Denen ist es egal, was du schon alles gewonnen hast. Die werden dich unablässig und mit scharfen Augen dreißig lange Tage und Nächte beobachten. Und wehe, sie sind nicht zufrieden! Dann schicken sie dich weg wie einen räudigen Hund, und die anderen ziehen ohne dich weiter nach Olympia. Diese Palästra, mein Freund, hat schon mehr Tragödien gesehen als unser Theater in Korinth. Aber jetzt laßt uns hineingehen, bevor es zu voll wird."

Der ehrwürdige Bau entpuppte sich in seinem Innern als eine verschachtelte Anlage, doch dank Skopas' kundiger Führung gelangten sie schnell zu dem Durchgang, der diesen Teil des Gebäudes mit der unter freiem Himmel liegenden Palästra verband. Sofort schallte ihnen der bekannte Lärm entgegen; jenes unverwechselbare Vielerlei aus lauten Kommandos, schnaubenden Mündern und klatschenden Fäusten, das Skopas und Nikias ebenso liebten wie das bunte Bild der nackten, von Schweiß und Öl glänzenden Athleten. Die drei blieben stehen, und Nikias schnupperte genießerisch.

„Riecht gut, nach dem langen Ritt."

„Ganz wie zu Hause", lachte Skopas.

In diesem Augenblick bewegte sich ein großer muskelbepackter Mann durch die Gruppen der Kämpfenden auf sie zu. Er trug eine knapp meterlange Spitzhacke über die Schulter, wie es Ringer tun, die den Sand des Kampfplatzes auflockern wollen. Der Hüne blieb unmittelbar vor Nikias stehen.

„Du also bist Nikias aus Korinth! Man nannte dich früher die ‚Katze'. Kennst du mich nicht?"

Nikias musterte den Mann. Sein Kopf war nach Art der Ringer glatt rasiert, bis auf ein längeres Haarbüschel oben in der Mitte des Kopfes. Die nackte Haut glänzte von Öl.

„Es tut mir leid", sagte er. „Ich kenne dich nicht. Woher bist du?"

Skopas mischte sich ein. „Doch, Nikias! Wir kennen ihn. Das ist Zopyros aus Argos. Wir grüßen dich, Zopyros!"

Zopyros' fleischiges Gesicht zeigte ein zufriedenes Lächeln. Dann hielt er Skopas unvermittelt seine rechte Hand unter die Nase. „Sieh her, Gymnast! Hast du schon einmal eine Hand wie diese gesehen?"

Skopas gab sich unbefangen. In allen Gymnasien, Palästren und Bädern Achaias kannte man Zopyros, den Raufbold und Hitzkopf, der sich einbildete, ein Nachfolger des berühmten Milon von Kroton zu sein, und der sich mit Bergen von Mohnbroten und Schweinefleisch mästete, um seinem großen Vorbild, wie er meinte, auch äußerlich zu gleichen. Also sagte Skopas beschwichtigend: „Mit dieser Hand wirst du eines Tages alle Gegner werfen, Zopyros. Gut, daß ich schon zu alt für dich bin."

„Du vielleicht", sagte der Fleischberg grinsend. „Aber er

doch nicht." Die Hand schwenkte unter Nikias' Nase. „Wenn du es schaffst, mir den kleinen Finger abzubiegen, laß ich dich gehen. Wenn nicht, will ich sehen, ob eine Katze auch Kraft genug hat, um einen Stier zu würgen. Was meinst du?"

Noch bevor Nikias antworten konnte, sagte Kriton schnell: „Der große Milon verstand sich auf viel eindrucksvollere Kunststücke. Er band sich eine Darmsaite um die Stirn und brachte sie allein durch das Anschwellen seiner Kopfadern zum Zerreißen! Das wäre eine Kraftprobe, die dir keiner nachmacht."

Nikias unterbrach ihn. „Vater, ich glaube, Zopyros will, daß ich mit ihm kämpfe." Und als wäre er für diese kleine Abwechslung dankbar, sagte er noch ganz beiläufig: „Ein bißchen Bewegung wird mir sicher guttun."

„Ein bißchen Bewegung?" Zopyros hielt ihm drohend die Spitzhacke vor das Gesicht. „Ich hörte in Korinth wohl, daß du mit Diskus und Speer umgehen kannst. Du sollst auch weiter hüpfen können als andere. Aber was gibt dir ‚Bürschchen, den Mut, es mit Zopyros aufzunehmen?"

Nikias drückte den Arm mit der Spitzhacke beiseite. „Geh schon mal den Sand hacken", sagte er ruhig. „Es dauert leider ein bißchen, bis ich mich vorbereitet habe. Komm, Skopas!"

Er wandte sich um und bemerkte erst jetzt, daß sich hinter ihm ein Halbkreis neugieriger Zuschauer gebildet hatte. „Paßt auf ihn auf!" lachte er sie an. „Laßt ihn nicht davonlaufen."

Doch niemand ging auf den Scherz ein.

„Er wird mir nicht gleich die Finger brechen, Trainer. Also mach nicht so ein Gesicht", sagte Nikias im Umkleideraum.

„Hoffentlich!" brummte Skopas. Er ölte und massierte kunstvoll Nikias' Haut und Muskeln.

„Dennoch kümmert sich Kriton um einen Aufseher als Schiedsrichter."

Skopas fuhr sich mit seinen öligen Händen über die Haare. Dann gab er Nikias einen freundschaftlichen Klaps auf den Rücken. „Laß keinen Staub auf deine Schultern kommen, wenn du gewinnen willst."

„Wer hätte das gedacht!" sagte Nikias und stand auf.

Kriton sah die beiden voller Stolz näherkommen. Nur ein einziges Kind hatten die Götter Niobe und ihm geschenkt, doch dieser eine trug die Verheißung des Adlers.

Gemeinsam gingen sie zu der Stelle, wo sich die zwei Plätze für das Ringen befanden.

Zopyros hatte den feinen tiefen Sand schon aufgelockert. Er legte gerade noch letzte Hand an sein Werk, als die Menschentraube sich dorthin bewegte. Nebenan, auf der mit Schlammgefüllten überdachten Fläche, unterbrach ein schmutzverschmiertes Ringerpaar sein Training und betrachtete verdutzt die Näherkommenden.

Jetzt fand sich auch der von Kriton erbetene Schiedsrichter auf dem Kampfplatz ein, ebenso ein Gehilfe, der mehrere Gefäße mit feinem Staub vor Zopyros und Nikias absetzte. Die beiden konnten wählen, mit welchem sie ihre Haut für den Kampf vorbereiten wollten. Nikias sah, daß es Staub von Asphalt, Ton, Roterde und Schwarzerde war, aber er überließ es Skopas, den am besten geeigneten zu bestimmen.

„Nimm die Roterde", flüsterte Skopas, als er sah, daß Zopyros sich ungeduldig den Asphaltstaub auf den Körper rieseln ließ. „Rot ist die Farbe des Zorns, sie wird ihn aufreizen und dich stärken."

Der Schiedsrichter wartete, bis beide Kämpfer ihre Vorbereitungen abgeschlossen hatten. Dann ordnete er noch einmal mit gemessenen Bewegungen seinen Purpurmantel und hob den langen Stock, mit dem er sich notfalls Respekt verschaffen würde.

„Ich, Polites, oberster Aufseher der Palästra von Elis, rufe dich, Zopyros aus Argos, und dich, Nikias aus Korinth, auf den Kampfplatz! Ihr schwört vor uns als Zeugen und bei den Namen unserer Schutzherren Apollon, Herakles und Hermes, daß ihr alle Regeln beachtet. Wer dennoch mutwillig und schwerwiegend gegen sie verstößt, den anderen würgt, ihm die Hoden quetscht, Finger bricht oder in die Augen bohrt, der wird mit der höchsten Strafe dieser Palästra belegt; er darf sie lebenslang nicht wieder betreten. Ferner bestimme ich für diesen Kampf, daß er zu Ende ist, wenn einer einmal auf die Schultern geworfen oder vom Kampfplatz gedrängt wird. Schwört es!"

„Ich schwöre!" sagten beide wie aus einem Munde.

„Dann kämpft!"

Zopyros schnaubte, drohte mit wilden Blicken. Seine gewaltigen Hände schlugen nach Nikias, wollten ihn an den Unterarmen packen. Leichtfüßig und geschmeidig ließ er ihn ins Leere laufen, umtänzelte ihn, täuschte Griffe an, zog sich zurück.

„Laßt ihn nicht hinter dich kommen", hatte Skopas gewarnt. „Wenn er dich von hinten umklammert, zerquetscht er dir die Rippen!"

Zopyros gefielen die Scheinangriffe und Finten nicht, doch er ließ sich auch nicht herausfordern. Die erste Tändelei war vorbei. Der Schiedsrichter blieb dicht hinter den Kämpfenden, den Stock erhoben, scharf darauf achtend, daß kein unerlaubter Angriff den einen oder anderen benachteiligte.

Wieder bauten sie sich voreinander auf, Stirn an Stirn, jeder darauf bedacht, nicht nach hinten geschoben oder nach vorn gezogen zu werden. Stille ringsum, nur das Schnaufen der Ringer war zu hören und die klatschenden Geräusche, wenn Hände auf Arme oder Schultern trafen, von der öligen Haut abglitten und erneut zugriffen.

Längst war die Sonne hinter den hohen Seitenhallen verschwunden, aber die Hitze des Tages hing noch in der Luft, und die Wärme trieb den Kämpfenden Ströme von Schweiß aus den Poren.

Da ging ein Aufschrei durch die Reihen der jetzt dicht an dicht stehenden Zuschauer, als Zopyros im selben Augenblick Nikias' Deckung unterlief, dem Überrumpelten mit seinen Pranken die Arme an die Hüften preßte und ihn hochriß.

Er brüllte auf, hielt Nikias triumphierend wie ein Beutestück über seinem Kopf in der Schwebe, als wolle er allen zeigen, welch unglaubliche Kraft in ihm stecke.

Doch diese Eitelkeit rettete Nikias. Die kurze Verzögerung vor dem Niederwurf genügte ihm für eine katzenhafte Drehung im Sturz. Blitzschnell rollte er zur Seite, so daß Zopyros ihn verfehlte, als er sich auf ihn werfen wollte. Verdutzt wie ein Löwe, der nach dem Sprung neben der Beute landet, lag er auf Händen und Knien im Sand. Und schon war Nikias von hinten über ihm, umschlang mit seinen Beinen Zopyros' Hüften und Füße, um ihn unter sich auf die Schultern in den Sand zu drehen.

Skopas hielt es jetzt nicht mehr an seinem Platz. Erregt sprang er auf, wie gebannt vom klugen Manöver seines Schützlings. Es konnte gelingen! Laut und aufpeitschend feuerte er Nikias an. Oh, siegreicher Gott! Steh ihm bei! Gib ihm Kraft!

Aber Zopyros widerstand dem Angriff. Er bäumte sich auf, hielt Nikias' Arme am eigenen Hals fest und begann, sich mit überraschender Leichtigkeit schwungvoll zu drehen. Mit aller Kraft hämmerte Nikias jetzt seine Füße in die Kniekehlen des Riesen, um ihn dadurch erneut zu Fall zu bringen. Doch es war aussichtslos. Zopyros wirbelte immer schneller, und Nikias spürte, wie sein Körper abglitt, während seine Arme um so fester von Zopyros umklammert blieben.

„Laß ihn fliegen, Bulle!" schrie jemand.

„Anklammern! Anklammern!" rief Skopas.

Wie gebannt stand Kriton in der johlenden Menge, die Augen zusammengepreßt, unfähig hinzuschauen. Wenn Nikias aus der Arena geworfen wurde, war der Kampf beendet, bevor er richtig begonnen hatte. Warum hatte er seinen Sohn nicht zurückgehalten? Nie konnte ein Fünfkämpfer einen solchen Ringer bezwingen. Der Schrei der Zuschauer riß ihm die Augen auf. Köpfe und hochgerissene Arme verstellten die Sicht. Er schob sie beiseite, drängte nach vorn. Zopyros stand auf dem Sand, schweißglänzend, dunkel verschmutzt vom grauen Staub. Doch wo war Nikias?

Er sah Skopas am Boden hocken, neben ihm den Schiedsrichter. Sie standen außerhalb des Feldes, halfen Nikias auf die Beine. Es war also geschehen. Er war aus dem Kampfplatz geflogen. Der Kampf war aus.

Mit zwei Schritten war Kriton neben den beiden.

„Nichts passiert!" beruhigte Skopas. „Es ist gutgegangen, er hat sich nichts gebrochen!"

Nikias kam langsam auf die Beine.

„Was war los? Plötzlich flog ich wie ein Sack Mehl durch die Luft." Er schüttelte etwas ratlos den Kopf.

„Dich trifft keine Schuld", sagte Kriton. „Ein Mann mit seiner Erfahrung und seinem Ruf – ich hätte dich nicht kämpfen lassen dürfen!"

„Aber Vater!" tröstete Nikias. „Ich bin zu harmlos gewesen, das ist alles. Von mir aus könnten wir gleich ..." Er unterbrach sich. „Zopyros!"

Sie waren so mit sich beschäftigt, daß sie ihn erst bemerkten, als er neben ihnen stand und Nikias seine ausgestreckte Hand hinhielt. „Der kleine Finger!" dröhnte er.

Alle glaubten, nicht recht gehört zu haben.

„Was ist damit? Hast du ihn dir ausgerenkt?" Nikias blieb ungerührt.

„Bieg ihn mir ab! Vielleicht kannst du wenigstens das!"

Alle in der Palästra hörten es.

„Zopyros", sagte Kriton beschwichtigend, „laß es gut sein! Du hast gewonnen, jeder hat es gesehen."

Hinten an der Säulenhalle machte der oberste Aufseher Polites auf dem Absatz kehrt, raffte seinen roten Umhang und kam mit erhobenem Stock zurück, erst langsam, dann schneller. Aber noch während er lief, hörte er den Aufschrei, mit dem Nikias den vor ihm stehenden, hämisch lachenden Zopyros ansprang, und das so plötzlich, daß der, von der Wucht des Aufpralls überrascht, rückwärts fallend mit dem Hinterkopf auf den harten Boden außerhalb des Kampfplatzes krachte, wo er mit glasigen Augen inmitten schadenfroher Zuschauer bewußtlos liegenblieb, als der zornige Polites sich über ihn beugte.

„Wenn ich sein Gebrüll nicht selbst gehört hätte, müßte ich dich jetzt bestrafen, Nikias von Korinth. Aber ich habe es gehört! Ich finde deshalb, du hast uns allen einen Gefallen getan. Schafft ihn weg, und schüttet ihm ein paar Eimer Wasser über den Kopf! Anschließend will ich ihn sprechen."

Mehrere Gehilfen packten Zopyros an Händen und Füßen und trugen ihn zu den Bädern. Einige der Umstehenden lachten belustigt, andere kommentierten den glanzlosen Abgang des ungeliebten Zänkerers mit teils empörten, teils geringschätzigen

Bemerkungen. Schließlich standen die drei Korinther allein mit Polites.

„Wir danken dir für deine Freundlichkeit", wandte Kriton sich ihm zu. „Nichts lag uns ferner, als diesen berühmten Ort durch unser Verhalten zu entehren. Bitte entschuldige den Vorfall."

„Euch trifft daran keine Schuld. Außerdem hast du klug gehandelt, als du den Leiter der Palästra um einen Schiedsrichter batest. So war ich noch in der Nähe und konnte die Sache für euch erledigen. Doch sagt, was hat euch hergeführt und wohin wollt ihr?"

„Wir sind unterwegs nach Olympia. Mein Sohn soll sich mit dem Heiligtum und den Kampfbahnen vertraut machen. Er wird in zwei Jahren zum Ruhme Korinths dort kämpfen und siegen."

Auf dem strengen Gesicht des hochgewachsenen alten Lehrers zeigte sich die Spur eines erstaunten Lächelns. „Siegen? Deine Zuversicht scheint groß zu sein. Immerhin kämpfen in Olympia die besten Athleten Achaias und der ganzen römischen Welt um Siegerband und Kranz. Woher nimmst du diese Gewißheit?"

„Die Götter haben es vorherbestimmt. Bevor mein Sohn geboren wurde, träumte meine Frau, sie würde einen Adler zur Welt bringen."

„Das ist in der Tat eine große Verheißung", sagte Polites. Nachdenklich betrachtete er Nikias. „Und wo hast du schon gesiegt, mein Sohn?" ...

BRUNNEN VERLAG GIESSEN